시간을
걷다

1권

김학문 시집

시간을 걷다 1권

펴 낸 날 2026년 1월 1일

지 은 이 김학문
펴 낸 이 이기성
기획편집 최인용, 권희연, 이서은
표지디자인 최인용
책임마케팅 이수영, 김정훈
펴 낸 곳 도서출판 생각나눔
출판등록 제 2018-000288호
주　　소 경기도 고양시 덕양구 청초로 66, 덕은리버워크 B동 1708, 1709호
전　　화 02-325-5100
팩　　스 02-325-5101
홈페이지 www.생각나눔.kr
이 메 일 bookmain@think-book.com

• 책값은 표지 뒷면에 표기되어 있습니다.
　ISBN　　979-11-7048-953-5 (04810)
　　　　　979-11-7048-952-8 (세트)

시간을 걷다

1권

그대와 나, 그리고 아들과
이 시간을, 이 감정을
영원처럼 마음에 새기며.

김학문 시집

생각나눔

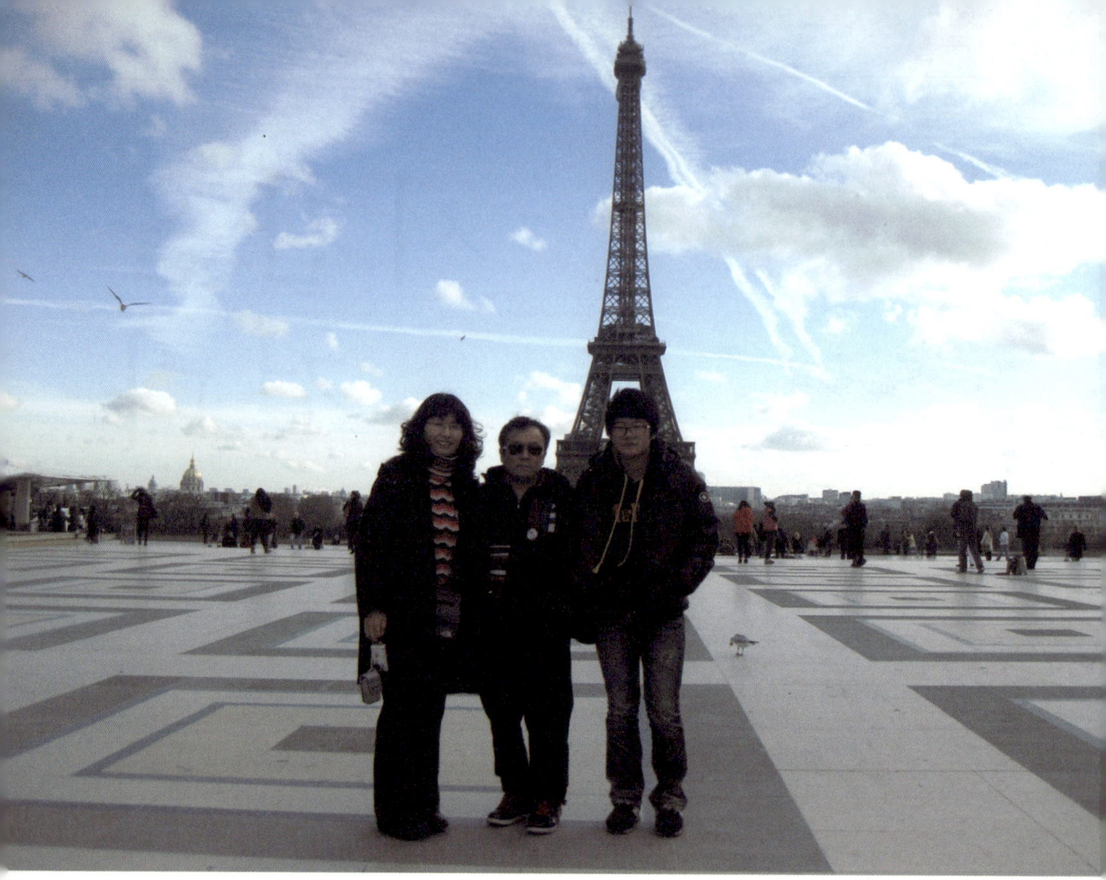

JUNGFRAU
TOP OF EUROPE
JUNGFRAUJOCH – TOP OF EUROPE
THE SWISS MOUNTAIN EXPERIENCE
3571 M/11,782 FT

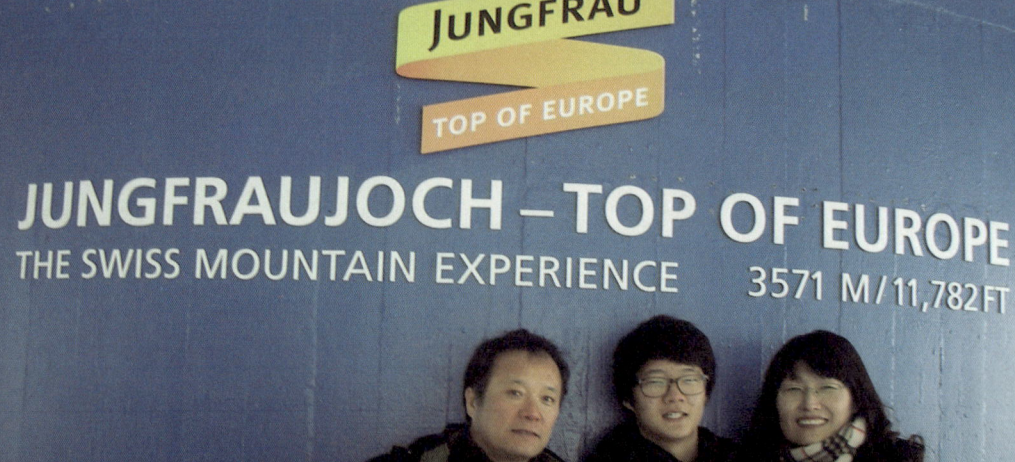

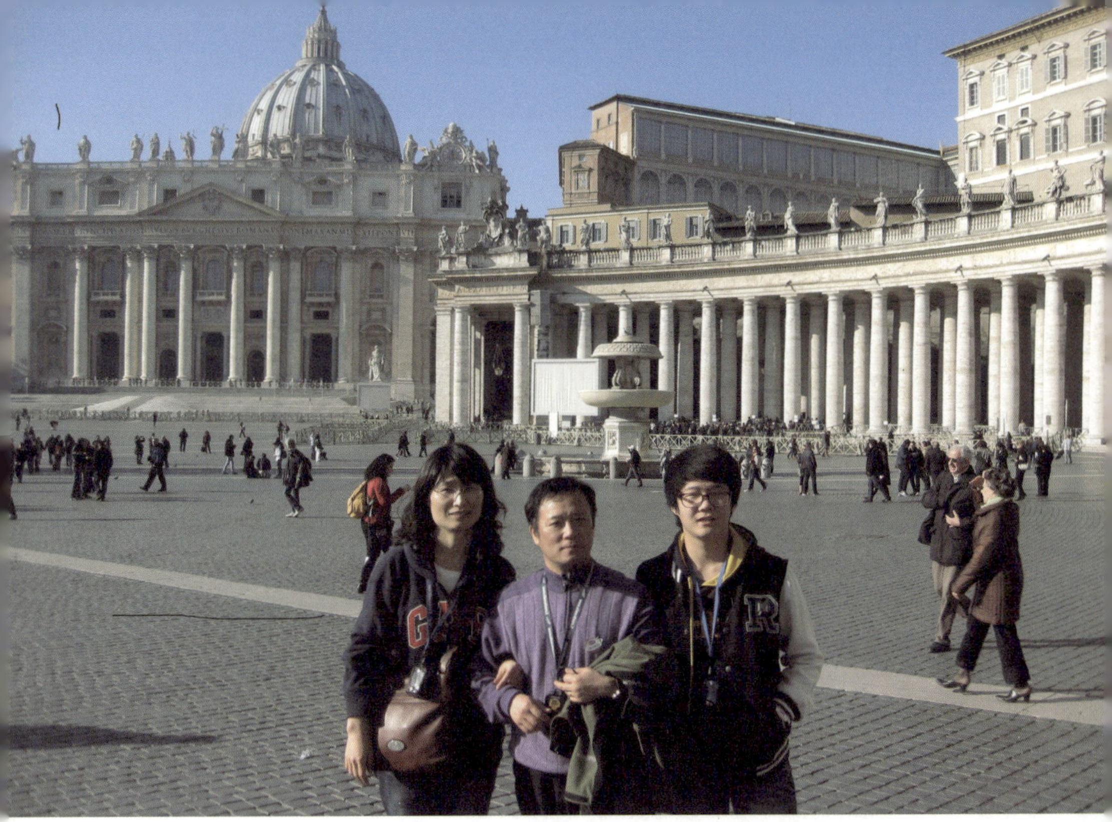

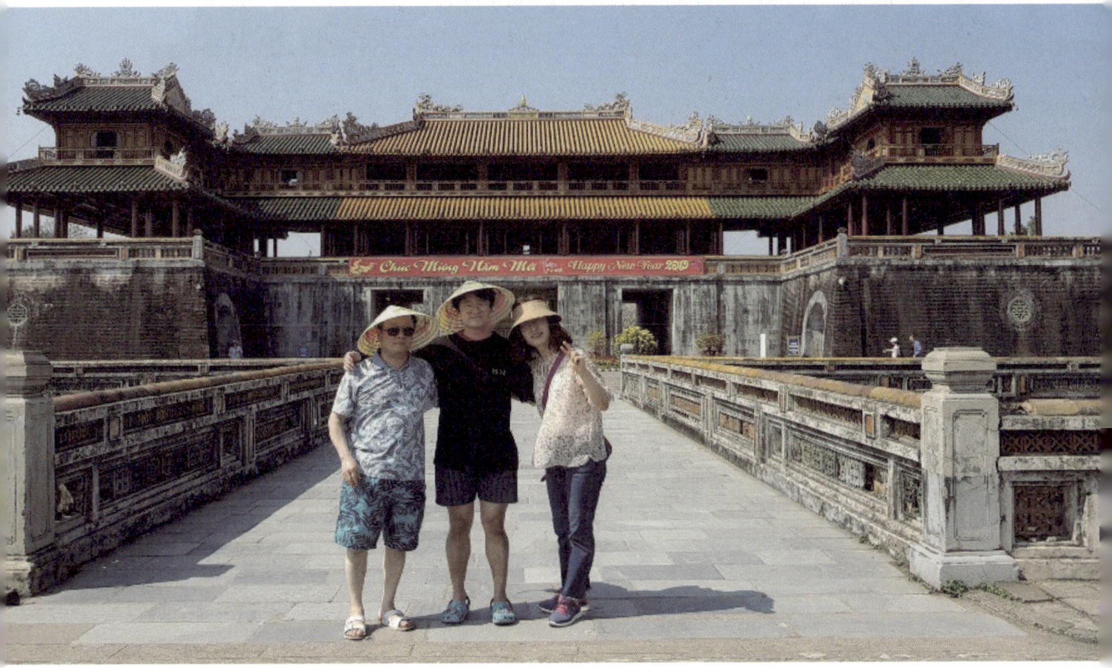
Chúc Mừng Năm Mới
Happy New Year 2019

시인의 말

여행은 지나갔지만
추억은 여전히
우리 곁에 머물러 있다.

낯선 길 위에서
우리는 더욱 가까워졌고,
그날의 시간은
지금도 따뜻하게 빛난다.

| 차 례 |

제3부
이탈리아 여행, 동생, 누나들과 함께

제4부
일본 가족 여행

제5부
중국 북경 가족 여행

제6부
서유럽 가족 여행 - 영국 여행, 겨울의 노래

제12부
캄보디아 여행, 아들과 함께

 – 아들, 창가에 기대어 잠든 너를 보며

제1부

밤(신혼여행)

1995. 4. 29~5. 3

괌의 노을 아래 사랑을 걷다

서쪽 바다 위로
태양이 천천히 내려앉을 때,
황금빛 물결이 수평선에 깔리고
바다는 조용히 숨결을 고릅니다.

맨발로 걷는 모래사장은
아직 낮의 온기를 품고 있어
발끝에서부터 사랑이 피어납니다.

바람은 부드럽게 불어와
코코넛 나무를 흔들고,
우리는 서로의 어깨에 기대어
세상에 둘만 남은 듯 속삭입니다.

"이 순간을 기억하자,
이 노을빛처럼 따뜻한 사랑을."

어둠이 살짝 내려앉자
하늘엔 별들이 하나둘 켜지고,
바다 위에도 은은한 별빛이 흘러
우리를 향해 다가옵니다.

그날 밤,
괌의 바다는
깊고 고요한 품으로
우리의 첫 여행을 안아주었다.
달빛 속에서 당신의 손을 잡은 나는
영원히 이 사랑을 놓치지 않겠다고
마음속으로 다짐했습니다.

첫사랑의 바다, 괌

비행기 창밖으로 내다본 바다,
끝없이 펼쳐진 푸른 물결 위에
하얀 햇살이 쏟아져 내리고
우리의 마음은 이미 그 바다로 흘러갔다.

괌의 해안선에 발을 딛는 순간,
소금기 어린 바람이
살짝 불어와 머리칼을 스치고,
우린 서로를 바라보며
말없이 웃었다.

산호초 에메랄드빛으로 빛나고
코코넛 나무는 바람에 흔들리며
우리를 향해 인사하는 듯 춤을 추었다.
물결 위로 번지는 노을빛은
사랑의 시작처럼 눈부시고,

이국의 작은 섬,
낯선 언어와 향기 속에서
우리는 세상에 둘만 남은 듯,
서로의 손을 꼭 잡고
끝없이 이어질 미래를 걸었다.

괌으로 가는 첫날

손을 꼭 잡은 채
공항의 유리창에 비친 두 사람,
설렘이란 말이 이렇게
가슴을 뛰게 할 줄 몰랐다.

구름 사이로 스며드는 햇살처럼
당신의 웃음이 내 마음을 적시고,
비행기 엔진 소리마저
우리의 사랑 노래처럼 들렸다.

낯선 바다의 푸름도,
이국의 바람도 아직 모르지만
우리는 이미 그 모든 풍경 속을
함께 걸어가고 있었다.

마음 한 쪽엔 조용한 긴장,
다른 한쪽엔 따스한 기대,
둘이 처음 맞는 여행의 첫날은
세상에서 가장 빛나는 약속 같았다.

오늘부터 우리의
시간이 흐르고 계절이 바뀌어도
바다보다 깊은 사랑으로
서로를 품겠다는 다짐을 품었다.

파도 위의 우리

바람이 얼굴을 스친다.
손을 맞잡고 푸른 바다를 가른다.

엔진이 울릴 때마다
심장은 더 크게 뛰고
당신의 웃음소리,
파도 위를 미끄러지듯 퍼져 나간다.

햇살은 바다 위를 비추고
물보라는 하얀 날개가 되어
지금, 이 순간을
영원히 품으라고 속삭인다.

네 등 뒤에 꼭 붙어
속도를 올릴수록
사랑의 파동이
바다보다 깊고 넓게 번진다.

제트스키 위에서
우린 바다의 일부가 된다.
세상이 멈춘 듯한 찰나,
둘뿐인 푸른 행성

그날의 바람과 파도,
그리고 당신의 미소가
내 평생 가장 짜릿한
사랑의 속도로 남는다.

사랑의 절벽에서

푸른 수평선 끝에
우린,
서로의 심장을 껴안은 채
바람 위에 서 있었다.

수백 년 전,
사랑을 지키려 뛰어내린 연인들처럼
우리도 두 손을 맞잡고
영원을 약속했다.

파도는 절벽 아래서
끝없이 부서지는데
우리 사랑은
조금도 깨어지지 않고
더 단단해져만 간다.

이곳에서 불어오는 바람은
우리에게 말해 준다.
"사랑은 두려움이 아니라
날개가 되는 것"이라고

당신과 함께라면
절벽도 꽃길이 되고

깊은 바다도
따뜻한 품이 된다.

오늘,
이 절벽 위에서
나는 다시 한번
당신이라는 사람에게
온 마음을 던졌다.

불의 춤, 영혼의 노래

어둠이 내리고
타오르는 불빛 아래
그들은 발을 구르고,
하늘을 향해 손을 뻗었다.

한 박자, 두 박자,
심장이 북소리처럼 뛰고
땅이 숨을 쉬듯 흔들린다.
그 순간 나는 알았다.
이 춤은 단순한 춤이 아니라
영혼의 기도라는 것을,

불꽃은 하늘로 치솟고
그들의 눈빛은 별빛처럼 반짝였다.
대지를 울리는 몸짓 속에
조상들의 숨결이 흐르고
바다와 바람,
숲의 노래가 피어났다.

나는 멀리서 바라보며
가슴 깊이 떨림을 느꼈다.
"저 춤은 사랑이다.
저 춤은 삶이다.

그리고 저 춤은 영원이다."

그들의 발끝이 모래를 스칠 때마다
세상은 잠시 멈추고,
나의 심장마저
그 리듬에 몸을 맡겼다.

그리고
깨달았다.
오늘 내가 본 건 춤이 아니라,
온몸으로 지켜낸
뜨거운 생명이었다.

투몬 비치의 빛

하늘과 바다가 맞닿은 곳,
끝없이 펼쳐진 에메랄드빛 물결 위로
햇살이 부서지며
세상을 황홀하게 물들였다.

바람은 투명한 노래를 부르고
야자수 잎사귀는
사랑의 속삭임처럼 흔들렸다.
그 속에서 나는 당신을 바라보았다.
마치 이 모든 풍경이
당신에게서 흘러나온 듯

발끝에 스치는 따뜻한 모래,
바다에 비친 두 사람의 그림자
그리고
이 순간을 가득 채운 설렘
투몬의 바다는
우리 사랑의 빛으로 빛나고 있었다.

햇살과 파도,
바람마저도
오늘은 모두 우리를 위한 것 같았다.
나는 마음속으로 다짐했다.

"이 바다처럼 넓고 깊게
당신을 사랑하리라."

이파오 비치의 약속

저녁노을이 바다를 물들일 때,
이피오 비치의 모래 위에
두 발자국이 나란히 새겨졌다.

파도는 살며시 다가와
우리를 향해 인사하듯 부서지고
바람은 부드럽게 불어와
당신의 머릿결에 붉은 햇살을 얹었다.

"이 순간을 기억할래?"
내가 속삭이자
당신은 환한 웃음으로 대답했다.
"영원히, 여기 이 바다처럼"

야자수가 흔들리며
우리의 약속을 듣고
하늘 위 새들은
사랑의 노래를 부르듯 날았다.

그날
이파오 비치의 바다는
아름답게 빛났지만
내겐 당신의 눈동자가

더 깊고,
더 푸르게 남았다.

이파오 비치의 노래

햇살이 부서지는 물결 위로
살며시 불어오는 바람,
그 속에 당신의 향기가 섞여 있었다.

야자수 그림자가
우리 발끝에 드리워지고
모래는 두 사람의 발자국을
조심스레 품었다.

말없이 바다를 바라보며
서로의 손을 꼭 잡았다.
그 순간 나는 알았다.
이 바다는
푸른색으로 노래하지만,
내 마음은 오직
당신으로 물들어 있음을,

파도가 스쳐 간 자리마다
빛이 잔잔히 퍼지고
우리의 사랑도 그렇게
깊어지고 있었다.

저녁노을이 물드는 해변에서

나는 기도했다.
"이 순간이 영원히 지워지지 않기를"
그리고
당신의 눈동자에 답을 찾았다.
"이미 영원 속에 들어와 있음을."

제2부

스페인 여행,
동생, 누나들과 함께

1996. 1. 4~1. 15

마요르 광장, 가족과 나누는 우애의 노래

노을빛이 붉게 물든 붉은 벽돌 사이,
마요르 광상은
속삭임 가득한 사랑의 무대가 된다.

우리는 고요히 바람에 실려 오는 꽃향기와
멀리서 들려오는 기타 선율에
몸을 맡긴다.

카페의 촛불이 흔들릴 때마다
시간은 느리게,
그러나 달콤하게 흐르고,
우리 마음속에도
따뜻한 빛이 차오른다.

아이들의 웃음은 별처럼 반짝이고,
옛 돌담들은
수많은 사랑 이야기를 감싸안는다.

이 순간 우리 가족은
세상 가장 아름다운 시 속의 주인공,

손끝에 닿는 온기가
말보다 깊은 말을 하고,

우리의 발걸음은
영원한 우애의 춤을 춘다.

마요르 광장,
그 붉은 벽돌 속에
우리 우애의 노래가
조용히 울려 퍼진다.

마드리드 마요르 광장,
가족과 나누는 도시의 숨결

붉은 벽돌 사이로
태양이 부드럽게 내려앉고,
광장은 사람들의 웃음과 발걸음으로 가득 찬다.

우리는 고풍스러운 아치 아래
바람결에 실려 오는 거리의 노래를 듣는다.

카페 테이블 위로 흩어진
따뜻한 커피 향과
달콤한 웃음소리가
우리 마음 깊이 스며든다.

아이들의 뛰노는 소리,
여행자의 설렘,
그리고 오래된 돌담의 이야기들이
한데 어우러져
마요르 광장은 살아 숨 쉰다.

이곳은 단순한 광장이 아니라
우리 기억 속에 새겨질
찬란한 순간의 무대이니,

서로의 마음을 모아
오늘의 빛을 가슴에 담으며
다시 한 걸음,
앞으로 나아간다.

마드리드 왕궁, 동생, 누나와 함께 걷는다

고요한 아침 햇살 속,
왕궁의 고풍스러운 벽돌이
역사의 숨결을 고요히 전한다.

동생. 누나들과 함께 걷는 이 길,
수백 년의 시간이 우리 발자국과 어우러져
찬란한 과거와 오늘을 마주한다.

황금빛 돔은 문틈 사이로
왕들의 그림자와 왕관의 무게가 느껴지고,
광장엔 시민들의 웃음과 발걸음이 가득하다.

서로의 눈빛에 담긴 설렘,
여행의 낯섦도, 따뜻한 친밀함도
왕궁의 웅장함 앞에서 더욱 빛난다.

이 순간,
우리 가족,
역사와 시간 사이를 함께 걷는 여행자.

마드리드 왕궁,
동생, 누나들과 함께 부르는 시간의 노래

아침 햇살이 금빛 실로
왕궁의 벽을 부드럽게 감싸면,
천 년의 꿈들이 속삭인다.
조용한 돌담 사이로.

우리 가족,
서로의 온기를 손끝에 담아
느리게 걸어간다.
역사의 숨결 속을,
시간이 빚은 길 위를.

왕관의 무게보다 가벼운
우리의 발걸음,
그러나
그 안에 담긴 이야기들은
바람처럼 깊고 넓다.

광장에 흐르는 웃음과 속삭임,
저 멀리 성벽 너머로
사라진 왕들의 노래가
우리 마음에 스며든다.

이 순간 우리는

과거와 현재,
그리고 미래가 만나는
기적의 문 앞에 서 있구나.

별빛 같은 기억으로,
서로의 마음에
영원의 빛을 새기며
우린 또 걸어간다.
마드리드의 노래를 안고.

레티로 공원,
동생, 누나들과 걷는 평화의 숨결 I

햇살은 나뭇잎 사이로
조용히 쏟아지고,
바람은 잔잔한 호수 위를
살며시 어루만진다.

우리 가족은 벤치에 앉아
시간이 멈춘 듯한 이 순간에 속에서
서로의 눈빛을 마주한다.

꽃향기 가득한 공기 속에
아이들의 웃음소리가 멀리서 들려오고,
잎새 사이로 스며드는 햇살처럼
우리 마음에도 따스함이 번진다.

마음의 무게를 잠시 내려놓고,
자연과 함께 숨 쉬는 이곳,
레티로의 평화가
우리 영혼을 어루만진다.

우리 가족,
이 길 위에 쌓인 시간과 기억들이
우리 사이를 더욱 단단히 묶어 준다.

오늘,

이 순간,

서로가 서로에게 가장 가까운 친구임을

다시 한번 느끼며 걷는다.

레티로 공원,
동생, 누나들과 걷는 평화의 숨결 II

햇살은 잎새 사이로 은은히 흘러내리고,
바람은 호수 위에 살포시 입맞춤을 남긴다.

우리 가족은
푸른 나무 그늘에
마치 시간이 멈춘 듯
조용한 숨결을 나눈다.

멀리서 아이들의 웃음소리,
꽃내음 가득한 공기 속에 실려와
마음 깊은 곳까지 스며든다.

우리의 발걸음은
바람결에 실려 떠도는 잎처럼 가볍고,
서로의 눈동자에 담긴 따스함은
레티로의 햇살보다 더 빛난다.

이 순간,
우리가 함께 걸어가는 이 길은
말없이 쌓여가는 추억의 노래,
우리 영혼이 잔잔히 춤추는 무대.

세상 모든 시간 들이

이 공원에 머물러
우리의 마음을 어루만지는 듯하다.

그리움도,
웃음도,
조용한 평화도
함께 숨 쉬며 흘러간다.
마치 오래된 시처럼,
끝없이 반복되는 우애의 멜로디.

세비야 스페인 광장, 가족과 함께 걷는 시간

물결치는 타일 위로
햇살이 춤추고
광장의 노래가 바람결에 실려 온다.

우리는
거대한 아치 아래서
세월의 무늬를 바라보며
천천히 발걸음을 옮긴다.

오렌지 나무 사이로 스며드는
향긋한 꽃내음과
낙엽 밟는 소리가
우리 마음을 부드럽게 감싼다.

분수는 멈추지 않고 노래하고,
그 소리는
옛이야기와 새 꿈들을 이어준다.

이 순간 우리는
세비야의 뜨거운 태양과
부드러운 그림자 사이에서
서로의 온기를 느끼고 있다.

바람 속에 섞인 기타 소리와
사람들의 웃음소리가
우리 기억 속에 영원히 머무를 것이다.

스페인 광장,
그 빛나는 모자이크 속에서
우리의 발걸음은
시간의 노래를 따라 춤춘다.

가족과 마주한 빛의 강, 스페인 광장

햇살이 물결처럼 흐르는 광장,
도자기 타일 위에 스며든 시간의 향기가
바람 따라 조용히 속삭인다.

우리 가족은
푸른 하늘을 닮은 분수 옆에 앉아
세월의 무늬를 바라본다.
타일마다 새겨진 이야기가
우리 마음에 물결을 일으킨다.

아치마다 스민 노란 햇빛,
오렌지 향 머금은 공기,
그리고 멀리서 흐르듯 들려오는 기타 선율,
모든 것이 한 편의 시가 되어
우리 사이를 부드럽게 잇는다.

이 순간 우리 가족의 웃음은
광장을 채우는 햇살처럼 가볍고,
발끝에 머무는 따스한 바람처럼 깊다.

세비야의 시간은 느리게 흐르고,
그 속에서 우리는
세상에서 가장 고운 기억을
한 조각씩 새기고 있다.

세비야 대성당, 황홀의 돔에서 가족과 함께

빛이 스테인드글라스를 타고
우리의 어깨에 내려앉을 때,
세비야의 시간이
천천히 가슴을 울렸다.

천장의 돔은 하늘보다 높았고
바람은 기도처럼 들렸다.
콜럼버스의 무덤 앞에서
우리는 지나온 길을 돌아보았다.

가족의 우애도 하나의 항해였다고,
때로는 폭풍을 지나
이렇게 찬란한 빛 아래
함께 서는 일이라고,

고딕의 첨탑, 바람 속에서
종소리는 우리 가족을 안고
그 소리 사이로
우리는 가족의 뜨거운 맹세를 했다.

세비야 대성당,
우리 가족은
하늘을 향해 올라가는
하나의 경배가 되는 순간이었다.

세비야 히랄다 탑, 하늘의 입맞춤

햇살이 부드럽게 탑을 감싸며
금빛 물결을 일으킬 때,
세비야의 바람은
향긋한 오렌지 꽃내음을 싣고 온다.

우리 가족은
끝없이 이어진 계단을 오르며
숨결마다 설렘을 나눈다.
돌담을 스치는 손끝에
천년의 시간이 스며들고,
서로의 눈빛에
따뜻한 빛이 피어난다.

탑 꼭대기,
바라보는 세비야는 붉고 푸르고,
분수와 정원은 마치
하늘 아래 그려진 사랑의 시 같다.

우리 가족의 마음도 이 탑처럼
하늘로 높이 치솟아
끝없이 빛나고 있다.

하랄 다의 종소리가
세상에 퍼져 나갈 때마다
우리의 추억도
영원의 선율로 울려 퍼진다.

지금, 이 순간,
세비야의 태양과 바람
그리고
탑 위의 하늘은
우리들만을 위해 존재하는 듯
조용히 미소 짓는다.

세비야 대성당, 빛의 바다

스테인드글라스 창을 타고 흐르는 빛이
대리석 바닥에 물결처럼 번지고,
그 위를 걷는 우리 발걸음은
마치 천사의 노래를 따라 춤추는 듯 가볍다.

우리 가족은
숨죽인 채 천장을 올려다본다.
금빛으로 물든 돔 아래
수백 년의 기도가 공기 속에 스며 있다.

바람이 살며시 스쳐 가면
벽마다 새겨진 성인들의 얼굴이
빛 속에서 살아나는 듯하고,
그 순간 우리 마음도 함께 떨린다.

우리가 함께 걷는 이 길은
시간을 넘어
하늘로 이어진 작은 다리 같다.

종소리가 울릴 때마다
세상 모든 것이 고요해지고,
우리의 마음에도
한 줄기 빛이 내려앉는다.

이 성당은 오늘,
우리들만의 성소가 되어
추억을 한 겹 한 겹 꽃잎처럼
쌓아 올리고 있었다.

그라나다 왕실 예배당, 영원의 빛

햇살은 유리창 사이로 스며들어
황금빛 제단 위에
부드러운 입맞춤을 남긴다.

숨결마저 조심스레 고르며
우리는
시간의 강을 건너듯
이 고요한 공간을 걷는다.

왕과 왕비의 잠든 석관 곁에서
수백 년의 사랑 이야기가
은은한 빛깔로 흐르고,
그 빛은 어느새
우리 가족의 마음을 감싼다.

이 순간 우리가 나누는 눈빛은
말보다 깊고,
빛보다 따스하여
예배당의 공기마저 떨리게 한다.

세월이 스쳐 간 자리마다
향기처럼 피어나는 평화 속에
우리들의 발걸음이

영원의 춤을 춘다.

그라나다의 태양과 바람,
그리고 이 작은 성소는
우리 가족만을 위해
오늘을 찬란히 빛내주고 있다.

그라나다 성 니콜라스 전망대, 황홀한 저녁

붉은 노을이 물들면,
세상은 마치 한 송이 장미처럼
서서히 피어나는 듯 고요해진다.

우리는
돌담에 기대어 앉아
숨결마저 부드럽게 섞으며
하늘과 성벽이 빚어내는 빛의 무늬를
바라본다.

기타 선율이 바람결에 실려와
광장을 감싸고,
사람들의 웃음소리는
은은한 별빛처럼
우리 마음에 흩어진다.

우리가
이곳에서 마주한 황혼은
우리 가족을 더 가까이 끌어안아
영원의 순간으로 바꾸어 놓았다.

태양이 지고,
알함브라의 성벽이 밤의 품에 안길 때도

우리가 나눈 눈빛 속엔
아직 저녁노을의 따스한 빛이 남아 있었다.

성 니콜라스 전망대,
이곳은 우리가 함께 꿈꾸던
사랑의 풍경이 되어
영원히 우리 마음에 남아 흐른다.

그라나다 알함브라 궁전,
가족과 빠져든 황홀경

달빛조차 숨죽인 밤,
알함브라의 정원은
은빛 물결처럼 출렁이고 있었다.

우리는
정원 한가운데 서서
분수 위로 쏟아지는 별빛을 바라본다.
석벽마다 새겨진 무늬가
살아있는 듯 우리를 감싸안는다.

바람은 오렌지 꽃향기를 실어 나르고,
그 향은 우리의 숨결 속에 스며
세상에 없던 평화를 만든다.

이 순간,
우리는
시간의 경계를 넘어
영원의 문을 열고
들어선 듯하다.

알함브라의 밤,
그 황홀한 빛 속에서
우리가 나눈 눈빛은
말보다 더 깊은 언어가 되어
세상 끝까지 퍼져 나간다.

알함브라 궁전, 가족과 잠긴 빛의 바다

달빛이 정원의 연못 위에 내려앉고,
분수는 고요한 노래로
밤공기를 은빛으로 물들인다.

우리는
살아있는 듯한 성벽 무늬 속을 걷는다.
시간이 흐르는 소리가 들리고,
꽃향기는 바람에 실려
마음 깊숙이 번져간다.

한 걸음, 또 한 걸음
이곳에선 세월조차
숨을 고르며 멈춘 듯했다.

우리 가족이 나눈 눈빛엔
말보다 고운 기도가 담겨 있었다.
그 기도는 별빛과 하나 되어
이 정원에 천천히 내려앉았다.

밤이 깊어질수록
알함브라는 더욱 빛나고,
우리의 추억도
그 빛에 젖어 영원으로 흘러갔다.

스페인 톨레도 여행, 시간의 언덕 위에서

돌길을 따라 천천히 오르니
하늘빛을 품은 성당의 종소리
먼 옛날 누군가의 기도가
아직도 바람 속에 머문다.

태양은 황금빛 칼을 휘두르듯
강 건너 성을 물들이고
알카사르의 벽엔
이슬람과 기독교,
유대의 숨결이 어우러진다.

나는 이 도시를 걷는 순례자
시간의 겹 속을 걷는
고요한 발자국 하나로
잊힌 사랑과 문명의 대화를 듣는다.

톨레도여!
너는 사라진 제국의 기억이 아니라
지금 여기서도 살아 있는
아름다움의 이름이다.

톨레도의 오후, 가족과 함께

햇살이 붉게 물든 돌담 사이
우린 아무 말 없이 걸었지.
가족이란 말 대신
웃음으로 이어진 길 위에서

성벽 너머로 흐르는 타호강처럼
서로 다른 삶이 흘러도
이 순간만은
같은 풍경을 바라보았네.

동생이 찍어준 사진 속 내 모습엔
늘 없던 평화가 있고
내가 기억하는 너의 뒷모습엔
자유가 바람처럼 스며 있었지.

톨레도의 언덕 위에서
우린 그저
조용히, 깊이
서로를 이해했어.

톨레도의 알카사르에서

돌로 쌓은 시간의 성벽,
그 위에 햇살이 조용히 내려앉는다.
검은 전쟁의 기억도,
위대한 권력의 그림자도
이제는 침묵 속에 잠들었다.

나는 높은 성루에 서서
세월의 강을 내려다본다.
타호강은 말이 없고
도시는 그저,
바람 속에서 숨을 고른다.

이곳은 단순한 요새가 아니었어.
불꽃 같은 이상이 깃든 자리
칼과 펜이 교차하던 그곳에서
역사는 나지막한 목소리로
나를 부른다.

알카사르여.
너는 높아서 외롭고
단단해서 슬프다.
하지만 오늘,
나의 발걸음은
그 고요 속에서 눈을 뜬다.

알카사르의 숨결

돌은 말하지 않는다.
그러나 나는 듣는다.
천년의 침묵 속에
스며든 인간의 숨결을,

바람은 오래된 창을 스치고,
빛은 조용히 벽을 어루만진다.
알카사르는
지켜보는 자의 자리에서
단 한 번도 눈을 감지 않는다.

무너짐과 재건,
승리와 상실이
겹겹이 쌓인 그 층계를 오르며
나는 나를 내려놓는다.

이 고요 속에 서면,
무엇도 잊히지 않고,
모든 것이 용서되는 듯하다.
알카사르,
너는 성이 아니라
시간이 앉아 명상하는 자리.

가족과 함께 걷는 톨레도 대성당

천장은 별처럼 높고,
기둥은 나무처럼 우뚝 서다.
스테인드글라스는 무지의 시간을 꿰어
빛으로 우리를 감쌌고,

우리는 말없이 걷고 있다.
함께 있는 것만으로도 충분한
가족의 시간 속을,

황금 제단 위의 천사들
묵직한 종소리,
묵묵히 엎드린 사람들 사이
우리들은 조용히 앉아 있었다.

우리가 본 것은 단지 돌이 아니라
사람들의 기도, 세월의 숨결,
그리고 서로의 얼굴 속에 비친
잊지 못할 하루였다.

톨레도 대성당,
그 장엄한 곡선 속에
우리 가족의 마음도 천천히
한 겹씩 포개어졌다.

산마르틴 다리에서

타호강 위에 놓인
오래된 돌다리 하나
천년의 숨결을 안고
오늘도 묵묵히 그 자리를 지킨다.

우리는 그 위를 함께 걸었다.
바람은 강물처럼 불어오고
저편 언덕 위 대성당의 첨탑은
시간을 거슬러 손짓한다.

다리는 건넌다는 말이 아니라,
이어진다는 뜻이구나.
이 순간, 우리 가족
서로의 기억을 하나씩 꺼내어
다리 위에 조용히 내려놓는다.

산마르틴 다리여!
너는 강을 건너는 길이 아니라
형제의 마음을 잇는
아름다운 문장이다.

톨레도 대성당, 석양 속의 천국을 가족과 함께

돌계단을 오르자
고딕의 첨탑이 노을에 젖어 있었다.
하늘은 아직 푸르렀고
대성당의 문은 조용히 열려 있었다.

무겁고 깊은 내부,
수직의 기둥들이 하늘을 떠받치고
채색 유리창 너머로
붉고 푸른 빛들이
우리의 어깨에 내려앉았다.

제단은 금빛 성소,
빛에 닿을수록 침묵이 깊어졌고
그 침묵 속에서
우리 가족은 말이 없었다.

기도가 아니어도 좋았다.
우애도 하나의 경배니까,
이 낯선 도시의 한복판에서
우리는 서로를 위하는
끈끈한 가족애를 느꼈다.

방청석의 나뭇결,

천장의 별무늬 장식들,
그 어느 것도 오래된 것이 아니라
지금, 이 순간을 위한 장식 같았다.

톨레도의 하늘 아래
세상과 단절된 듯한 이 성당은
우리 가족의 끈끈한 우애를 다짐하기에
너무도 완벽한 천국이었다.

제3부

이탈리아 여행,
동생, 누나들과 함께

1996. 1. 4~1. 15

베드로 성당, 가족과 함께 걷다

숨결마다 성스러운 하얀 김이 올라오던 날,
우리 가족은 로마의 심장,
바티칸으로 걸어 들어갔다.
성 베드로 광장,
거대한 돌기둥들이 하늘로 팔을 벌려
순례자들을 품어 안았다.

우리 가족은,
가벼운 발걸음으로
세상의 무게를 모른 채 들어섰지만,
성당 문 앞에 선 순간
우리 가족은 너무 적어져 버렸다.

빛이었다.
천장에서 쏟아진 황금빛,
구름 사이로 스며든 신의 숨결,
그리고 미켈란젤로의 돔 아래
올려다본 나는 한낱 점에 불과했다.

"야, 이곳이 천국 같아."
누나들의 목소리가 떨렸다.
나의 심장도 떨렸다.
우리의 시간과

길 위의 고단함이
눈 녹듯 사라지는 그 감격,

베드로의 발 앞에 앉아
오래된 돌바닥에 손을 얹었다.
수천 년 기도와 눈물이 스며든 자리,
그 위에 나의 젊음과 소망을 내려놓았다.

그날,
우리 가족은 말없이 기도했다.
이 감동을 영원히 가슴에 품겠다고.

성당의 숨결

문이 열리자
세상이 달라졌다.

빛은 금빛으로 흘렀고
돌벽과 기둥들은
한 인간의 시간으로는
헤아릴 수 없는 무게로 서 있었다.

천장은 하늘보다 높았다.
돔을 따라 올라가는 시선이
결국
내 마음까지 끌어올렸다.
내가 아니라,
나를 만드신 그분의 숨결만이
이곳을 채우고 있었다.

거대한 천사들이 날개를 펴고,
수백의 성인들이
내 걸음을 지켜보고 있었다.
작은 돌바닥조차도
수백만의 무릎과 눈물로 반짝였다.

"아, 여긴 인간의 손으로
지어진 것이 아니구나."
내 심장이 속삭였다.

순간,
나는 그 거룩한 공기에 녹아들었다.
내 이름도,
나의 삶도,
모두 이 황홀 속에 잠겼다.

가족이 콜로세움의 심장에 서서

거대한 돌벽들이
시간의 폭풍을 이겨내고
지금도 우릴 기다리고 있었다.

한 걸음, 또 한 걸음,
우리 가족의 발자국이
2천 년의 모래 위에 얹힐 때마다
심장이 커졌다.
마치 로마의 심장박동이
나의 가슴에 울려 퍼지는 듯했다.

"야, 이곳은 살아있는 것 같아."
동생의 낮은 목소리에
누나들이 고개를 끄덕였다.

해묵은 돌기둥마다
피와 땀,
환호와 탄식이 서려 있었다.
검투사의 고함,
황제의 손짓,
수만의 숨결이 아직도
공기 속에 흩어져 있는 듯했다.

우리 가족은 말없이 섰다.
거대한 원형극장이 내뿜는
장엄한 기운 앞에서
인간이 얼마나 작은 존재인지
절실히 깨달으며,

그 순간,
나는 형이자, 동생이고
너는 동생이었지만
이곳 앞에서 우리 가족은
그저 한낱 작은 점이었다.

그리고
그 작은 점들이
시간의 파도 위에서
하루를 살아낸다는 것이
얼마나 기적 같은 일인지
처음으로 깨달았다.

콜로세움, 시간의 바다 위에 서서

겨울바람이
돌기둥 사이를 흐르고 있었다.
우리 가족은
그 거대한 원형의 심장 한가운데 서서
말없이 숨을 고르며
세월의 숨결에 귀 기울였다.

빛은 이미 지고 있었고,
달빛이 부드럽게 돌벽을 쓰다듬었다.
그 빛이 스며드는 곳마다
검투사들의 함성과
로마 시민들의 탄식이
메아리처럼 번져왔다.

바람결에 스치는 먼지조차도
시간의 가루 같았다.
그 위로 우리 발자국이 새겨질 때마다
나는 생각했다.
이곳에 우리의 젊은 날도
흔적처럼 남을 수 있을까.

그날 밤,
콜로세움의 돌들은

밝았지만 부드럽게 빛났다.
그리고
우리 가족의 마음에도
처음 겪는 깊고 벅찬 감동이
천천히 스며들었다.

로마 포로 로마노, 시간의 무게 아래

돌길 따라 쌓인 기억들,
바람은 천년을 지나
우리 가족의 발끝에서 속삭인다.

우리 가족은
그 오래된 진영 속에 서서
잠시 말을 잃었다.

부서진 기둥 사이로
빛이 흘러내리고,
우리 가족은
과거와 현재 사이
작은 점이 되었다.

포로 로마노, 기억의 강가에서

부서진 기둥 사이로
바람은 천년의 노래를 흩날리고,

우리 가족은
조용히 그 노래 속에 잠겨
마음의 시간을 거닐었다.

햇살은 오래된 기억 위에
부드럽게 내려앉고,

우리 가족의 발자국은
과거와 현재의 경계에서
조용히 흔적을 남겼다.

우피치에서

붓끝에 스며든 영원의 숨결,
비너스의 눈빛이 내 심장을 두드린다.

우리 가족은
시간의 강을 건너
그림 속 빛에 잠긴 네 개의 작은 섬.

우피치의 숨결

비너스의 눈빛 속에
피렌체의 바람이 흔들리고,
우리 가족은
그 빛 속에 잠시 꽃이 되었다.

피렌체의 베키오 다리 위에서 우리 가족은

아르노강 위로 흐르는 노을빛,
금빛 다리 난간에 기대어
우리 가족은 잠시 멈춰 서 있었다.

세월을 건너온 돌 위에
피렌체의 종소리가 스며들고,
바람마저도 우리에게
낯선 이야기를 들려주었다.

베키오 다리, 그 위의 시간

노을은 아르노강 위에
금빛 비단결로 내려앉고,

우리 가족은
고요한 돌난간에 기대어
숨죽인 채,
바람과 함께
피렌체의 오래된 이야기를 들었다.

발끝에 닿은 돌의 차가움도
시간 속에 녹아
우리 마음 깊은 곳에
부드러운 노래가 되었다.

밀라노 대성당 앞에서

하늘을 찌르는 흰 돌기둥,
끝없이 뻗은 첨탑들은
마치 별들을 손에 쥐려는 듯이
우리 가족을 올려다보게 했다.

우리 가족은
숨을 죽이고
그 위대한 침묵 속에 서 있었다.
바람 한 점조차도
성당의 영혼을 건드리지 못할 것만 같았다.

차가운 돌벽 사이로
빛이 부서져 내리고,
우리 가족의 마음에도
찬란한 시간이 스며들었다.

밀라노 대성당, 그 안에서

끝없이 솟아오른 흰 돌기둥 사이로
빛이 은은히 춤추고,

우리 가족은
숨결을 나누며
그 무게로 침묵 속에 잠겼다.

바람 한 점 없던 그 순간,
성당의 마음이
우리 가슴속 깊이 스며들었다.

차가운 돌 사이로 스며든
햇살 한 줄기,
그 속에
우리 가족의 시간이 녹아내렸다.

스칼라의 속삭임

고요한 극장 안,
천상의 샹들리에가 별처럼 빛나고,

우리 가족은
낮은 숨소리로
시간의 무게를 나누었다.

무대 위,
빈 의자마다
지난밤의 노래들이
달빛처럼 은은히 흘러내리고,
우리 가족의 마음은
음악 없는 멜로디 속에서
서로의 눈동자를 비추었다.

그 순간,
스칼라는
우리 가족만의 작은 우주가 되었다.

산 마르코 대성당, 빛의 고요

금빛 모자이크가
천장에 숨결처럼 내려앉고,

우리 가족은
작은 숨을 맞추어
그 은은한 빛 속에 잠겼다.

바람마저 멈춘 이곳,
시간은 한 송이 꽃처럼
천천히 피어나고,

우리 가족의 마음은
그 고요함 속에
영원히 머물고 싶었다.

두칼레 궁전, 시간의 숨결

붉은 벽돌에 스민 햇살이
조용히 마음을 어루만지고,

우리 가족은
고요한 홀 사이를 걸으며
옛 그림자와 속삭임을 나누었다.

창 넘어 불어오는 바람은
천 년의 이야기를 품고,

우리 가슴 속에도
조용한 시간이 흘러내렸다.

시칠리아 신전의 계곡에서

고요한 돌기둥 사이로
바람은 옛 노래를 속삭이고,

우리 가족은
시간의 틈새에
발걸음을 조용히 맡겼다.

낮게 드리운 햇살은
긴 그림자 되어
돌에 새겨진 이야기를 어루만지고,

그 속에서 우리 마음은
천 년의 숨결과
서로의 고요함 속에 녹아들었다.

시칠리아 팔레르모 대성당, 그늘진 빛 속에서

고요한 성당 안,
빛과 그림자가 조용히 춤추고,

우리 가족은
서로의 숨결을 느끼며
그 무거운 역사를 안았다.

벽돌 틈새로 스며든 햇살은
천년의 이야기를 품고,

우리 마음에도
조용한 찬란함이 스며들었다.

팔레르모 대성당, 빛의 속삭임

빛은 잔잔히
벽돌 틈새를 스치고,

우리 가족은
숨을 맞추어
그 오래된
이야기에 귀 기울였다.

시간은 그늘져 있지만
햇살은 여전히
마음을 어루만지며,

우리 가슴 속에
조용한 찬란함을
조용히 피워냈다.

제4부

일본 가족 여행

2009. 1. 5~1. 9

가족과 함께 한 오사카 여행

가족과 함께 한 오사카 여행
따스한 햇살 아래 웃음꽃이 피어 나는 곳,
도톤보리강물 위로 반짝이는 네온 빛,
손을 맞잡고 걷는 이 순간이
시간을 멈추게 하는 기적 같아라.

오사카성의 굳센 벽돌 속에
우리 가족의 이야기 새겨지니
서로를 바라보는 눈빛에
사랑과 감사가 가득히 흐르고,

유니버설 스튜디오의 환한 웃음소리,
아이들의 꿈이 반짝이는 순간마다
삶이 더욱 빛나고, 마음 깊이 새겨져
함께라서 더욱 값진 여행이 되는구나.

내일은 또 어떤 풍경을 줄지 몰라도,
이 자리, 이 손길, 이 마음 모두가
오사카의 바람결처럼 영원히 남으리라.

가족과 함께 한 교토 여행

고요한 아침, 기모노 자락 살랑이며
청아한 종소리 멀리 퍼져가고,
천 년의 시간 속에 피어난 벚꽃처럼
우리의 마음도 함께 물들어가네.

철학의 길 따라 조용히 걸으며
맑은 물에 비친 하늘을 바라보니,
서로의 미소가 잔잔히   반짝이고,
가족이라는 이름의 빛이 번져가네.

금빛 사원 불빛 아래 속삭임처럼
오늘의 기억들은 별처럼 빛나고,
손을 맞잡은 이 순간이 영원하리라.
교토의 숨결 속에 우리 가족 사랑은 남으리.

가족과 함께 한 도쿄 여행

네온 불빛 가득한 도쿄의 밤,
분주한 거리 속에도 우리만의 시간,
손잡고 걷는 신주쿠 골목길에서
함께하는 숨결이 더 깊어지네.

우에노 공원의 벚꽃이 흩날릴 때,
아들 웃음소리에 봄바람이 미소 짓고,
하늘 높이 솟은 도쿄 타워 빛 아래
우리 가족의 꿈도 함께 빛나네.

번화한 도시의 소음 속에서도
서로를 바라보는 마음은 고요하고,
이 순간들이 쌓여 평생의 기억 되어,
도쿄의 별빛처럼 영원히 빛나리라.

가족과 함께 한 사슴 공원

잔잔한 숲길 따라 발걸음 멈추니,
부드러운 눈빛 사슴들이 인사하네.
아들 손에 쥔 간식에 살며시 다가와,
순수한 마음 나누는 작은 기적 같아라.

푸른 잔디 위 햇살은 따사롭고,
가족의 웃음소리 숲속에 울려 퍼져,
자연과 하나 된 이 순간 속에서
우리 사랑도 한층 깊어지네.

사슴 공원의 고요한 숨결 따라
함께 한 오늘이 오래도록 기억되어,
마음속 평화의 빛으로 남으리라.

오사카성 해자 앞에서

맑은 물결 고요히 흐르는 해자,
오사카성의 굳건한 숨결을 품었네.
반짝이는 햇살에 빛나는 물결처럼
우리 가족의 마음도 투명하게 맑아지네.

잔잔한 물결 따라 지나가는 바람이
옛 시간과 오늘을 부드럽게 이어주고,
손을 맞잡은 우리, 그 속에 깃든
사랑과 추억이 깊이 흔들리네.

해자 물 위에 드리운 성의 그림자처럼
이 순간, 우리 마음에도 오래도록 남아
오사카 여행의 빛나는 기억이 되리라.

청수사, 맑은 사랑

푸른 산맥을 감싸안은 절벽 위에서
맑은 샘물이 흐르듯
나의 마음도 고요히 흐른다.

아들의 손을 잡고
나뭇잎 사이로 내리쬐는 빛을 보았다.
햇살은 물결처럼 일렁이고
우리 가족의 웃음은
세상에서 가장 맑은 종소리처럼 퍼졌다.

서로의 눈을 바라보며 약속한다.
청수사,
이 맑은 물처럼
영원히 흐르고
영원히 빛나리라.

금빛 마음, 금각사에서

연못 위에 비친
금빛 누각이
마치 우리 마음 같았지.

당신과 나, 그리고 우리 새빛이
작은 발걸음마다
바람은 부드럽고
햇살은 따뜻했어.

사찰을 감싼 소나무 숲은
천 년의 숨결로
가족의 시간을 감싸안고,
연못 위, 잔물결처럼
우리 사랑도 천천히 퍼져갔지.

"엄마, 아빠, 여기 너무 좋아."
아들의 목소리에
우리의 웃음이 금빛으로 번지고
손을 꼭 잡은 채
영원처럼 걸었어.

여기서 약속해,
세상 어느 곳을 가도

이렇게 서로의 빛이 되어주자고,
금각사의 황금빛처럼
반짝이며 살아가자고.

금각사, 청수사 연작시

금빛 사랑

연못 위에 서 있는 누각,
금빛으로 타오르는 마음
당신과 나, 그리고 아들의 웃음이
세상 전채를 부드럽게 물들인다.

소나무 숲 사이로 스며든 바람이
천 년의 속삭임을 들려주고
우리 가족이 손을 맞잡은 순간,
그 빛은 영원의 약속이 되었다.

맑은 사랑

푸른 산자락을 감싼 절벽 위에서
맑은 샘물이 흐르듯
우리 마음도 고요히 흐른다.

아들의 눈망울에 비친 잎처럼
우리 사랑도 선명히 물들어간다.
"엄마, 아빠. 여기 너무 깨끗해."
아들의 한마디가
세상에서 가장 맑은 종소리가 된다.

서로의 마음을 다독이며 다짐한다.
청수사의 물처럼
언제까지나 흐르고,
언제까지나 빛나리라.

덴노지 동물원, 우리들의 하루

초원의 바람이 살랑이는 곳,
코끼리의 느린 걸음 속에
우리 아들의 눈빛이 반짝였다.

사자 굴 앞에서 숨을 죽이고
맹수의 포효를 함께 듣던 그 순간,
가족의 심장도 한 박자로 뛰었다.

작은 손안에 쥔 아이스크림보다
더 달콤했던 것은
서로 마주 본 웃음과
함께한 오늘의 기억이었다.

덴노 지의 햇살 아래
우리 가족은
서로의 온기로
하루를 채웠다.

제5부

중국 북경 가족 여행

2010. 1. 8~1. 14

자금성, 붉은 기억 위를 걷다

붉은 담장 너머로
천 년의 시간이 우리를 맞이하네!
황금 지붕 아래,
우리 가족의 웃음이 햇살처럼 번진다.

아들의 손을 잡고
궁전의 돌길을 따라 걷노라면
황제도 부럽지 않은 하루가
우리 곁에 펼쳐지네.

사랑하는 가족이여!
우리 가족과 함께라면 이곳이 천국
가장 오래된 성안에서
가장 새로운 사랑을 느낀다.

사진 속 우리는
세월 위를 거슬러 걷는다.
자금성, 그 이름처럼
우리 마음엔 금빛 추억이 남는다.

자금성, 붉은 꿈결을 거닐다

노을빛 벽돌 위로
바람은 조용히 궁전을 넘고
천 년의 시간이 우리 발끝에
꽃잎처럼 내려앉는다.

아들의 눈엔 황금 지붕이
별처럼 반짝이고
아내의 미소는 옛 황후의 정원처럼
고요히 내 마음을 적신다.

말없이 손을 잡고 걷는 이 길,
돌길 하나에도 역사가 숨 쉬고
기왓장 하나에도
우리 가족의 사랑이 비친다.

자금성,
그 붉은 성곽 안에
오늘의 우리가 피어난다.
낡은 시간의 향기 속에서
가족이라는 이름으로.

이화원, 연꽃 그늘 아래 사랑을 걷다

호수는 고요히 숨을 쉬고
연꽃은 바람 속에 속삭인다.
우린 나란히, 물빛 산책길을 따라
천천히 하루를 여며간다.

아들의 웃음은
십칠공교 다리 위에서
햇살처럼 튀어 오르고
당신의 눈빛은
버드나무 그늘 아래
작은 별처럼 반짝인다.

한 폭의 산수화 같은 이 풍경 속에
우리 가족은 그림이 되고, 시가 되고
흘러가는 물 위에
우리 가족의 사랑을 띄운다.

이화원,
그 이름처럼
평화로운 화음이 우리를 감싼다.
시간이 잠시 머무른 그곳,
가족이라는 꽃이 피어난다.

이화원, 물빛 꿈을 걷다

바람은 연못 위로 속삭이고
버드나무 그 잎새로
우리의 하루를 감싼다.

잠든 호수처럼 고요한 당신의 눈
그 안에 비친 아들의 웃음이
하늘보다 맑다.

십칠공교 다리 아래
시간이 천천히 흐르고
우리 가족은 나란히, 그 흐름을 따라
사랑이라는 배를 띄운다.

당신의 손,
아들의 손,
그리고 나의 손이 이어져
한 줄기 햇살을 안고 걷는다.

이화원,
이 고요한 이름 속에
우린 가장 아름다운 계절로 남는다.
물빛 향기, 연꽃 그림자 되어

천안문 광장, 바람 위에 선 우리

아침 햇살은 붉은 깃발을 스치고
광장의 바람은 먼 시간을 안고 흐른다.
그 거대한 숨결 속에서
우리는 작고 따뜻한 하나의 세계.

아들이 눈은 궁전보다 넓고
당신의 손은 역사의 벽보다 더 단단하다.
세월의 돌바닥 위를
우리 셋이 함께 걷는다.

하늘은 높고, 마음은 고요하여
비둘기 날갯짓 속에서
우리의 하루가 천천히 피어난다.

천안문,
그 이름 아래
오늘의 사랑이 머문다.
한 나라의 기억 위에
한 가족의 기억이 포개진다.

자전거 물결 속에서, 우리는 천천히

바퀴가 구르는 소리,
광장 가득 번진 새벽의 숨결처럼
수천의 자전거가
시간을 밀어내며 흘러간다.

흐름 속에 서 있는 우리는
낯선 강물 앞의 작은 섬
아들의 손을 꼭 잡고
당신의 발걸음을 조용히 감싼다.

저마다의 속도로
누군가는 출근길을,
누군가는 인생을 달린다.
그 속에서 우리 가족은
잠시 멈춘 풍경이 된다.

바람이 얼굴을 스치고
우리 셋의 그림자가 길게 늘어질 때
세상은 이 순간을 위해
한 번 조용해진다.
수많은 사람들 속에서
우리는 서로를 잃지 않았고
그것만으로도 충분히,
이 아침은 아름답다.

만리장성에서 길 잃은 아내 ㅣ

끝없는 성벽 위로
햇살이 부서지고
돌계단은 어느새
구름 속으로 숨었다.

사람들 사이,
익숙한 뒷모습을 놓쳤을 때
내 심장은 천 년의 벽처럼
묵직하게 울렸다.

"옥선아, 새빛 엄마"
이름 하나, 바람에 실어 부르며
나는 광활한 시간 속을
되짚어 걸었다.

멀리서 들려온
작은 웃음소리,
성벽 모퉁이에 기대선
당신을 본 순간,

세상이 다시 제자리를 찾았다.
잃어버린 것은 잠깐이었고
되찾은 것은

서로를 향한 깊은 사랑이었다.

한 칸 한 칸,
돌 위를 걷는 발자국마다
나는 깨닫는다.
당신과 함께 있어야
이 길은 온전하다.

만리장성에서, 그녀를 잃고 II

만리장성,
끝없이 이어진 돌길 위에서
우리는 문득
세상 가장 소중한 이를 놓쳤다.

"어디 갔지?"
아들의 두 눈은
성루마다 뛰어다니고
내 가슴엔 바람이 파고들었다.

사람들로 가득한 성벽 위
낯선 말소리와 셔터 소리 사이
당신의 목소리는 들리지 않았다.

나는 침묵했고
아들은 다급했다.
숨은 차오르고
해는 저물어만 갔다.

'혹시.'
상상조차 하기 싫은 생각이
바람처럼 스쳐 갈 때,
성벽 넘어, 그 익숙한 미소 하나.

"여기 있었네"
세 글자 속에
우리의 두려움이 녹아내렸다.

그제야 우리는
성보다도 높았던 걱정을 내려놓고
다시 사랑의 언덕을 함께 걸었다.

제6부

서유럽 가족 여행
— 영국 여행, 겨울의 노래

2011. 1. 6~1. 25

시간의 궁전, 대영 박물관에서

돌계단을 오를 때마다
시간의 숨결이 발밑에 스민다.
이집트의 검은 눈동자가
수천 년을 건너 나를 바라본다.

무너진 제국의 파편
그 속에 남은 인간의 숨결
문자의 무게,
도자기의 온기,
침묵 속에서 웅변하는 유물들

아내와 함께 걷는 이 복도는
세계의 심장을 어루만지는 길
우리는 잠시,
한 문명의 아이로 되돌아간다.

찰나에 지나가는 여행이지만
아내와 나의 시선에
역사의 영혼이 스며든다.

대영 박물관, 그곳은
과거의 거울로
우리의 오늘을 비추는 곳.

세계의 아침, 파르테논 신전 앞에서

아침이었다.
역사의 긴 밤을 지나
우리는 세계의 문 앞에 섰다.

대영 박물관,
그 한복판에서
파르테논 신전의 조각들이
부서진 채 반짝이고 있었다.

우리 가족은
돌처럼 오래된 사랑 앞에 섰고
그곳에서 하루가 시작되었다.

그날,
세계의 아침은
우리의 눈동자에서
빛나고 있었다.

파르테논의 빛, 아들과 함께

대리석 파편 위로
고요히 앉은 시간의 편지
아테네의 여신이
우리 가족을 바라보는 듯

저 신전의 기둥 하나하나에
잃어버린 제국의 숨결이 스며 있고
무너진 신화 속에서도
사랑은 여전히 빛났다.

아들은 묻는다.
"왜 신전은 이렇게 부서졌을까?"
그 순한 눈동자 앞에서
천 년의 질문 앞에서
나는 말없이 아내의 손을 꼭 잡았다.

그리고,
아내는 살며시 아들의 어깨를 감싼다.
세상의 모든 무너짐이
결국 우리를 더 가깝게 한다는 듯이

파르테논 조각 앞에 선 우리 가족
지금, 이 순간,

신도 부러워할 풍경이 된다.

역사의 돌무더기 앞에서
우리는
사랑이라는 살아 있는 신전을
세운다.

런던, 시간 위를 걷다
서유럽 가족 여행

빅벤의 종소리 따라
시간은 천천히 길었다.
템스강 위로 물안개 피어오르고
당신의 손, 아들의 눈망울이 따뜻했다.

런던아이에서 바라본 세상은
돌고 도는 사랑의 원이었다.
우린 고요한 하늘 아래
서로를 다시 알아보는 순례자였다.

이방인의 거리,
피카딜리 서커스
바쁜 인파 속에서도
가족이라는 작은 등불 하나
그 빛으로 하루를 밝혔다.

그날,
버킹엄 앞에서 마주한 경건함은
왕궁보다 귀한 우리의 웃음이었다.
가장 아름다운 궁전은
당신과 아들의 심장 속에 있었다.

돌아오는 비행기 창가에 기대어
나는 조용히 기도했다.
이 시간 들이 빛바래지 않기를
우리가 함께한 영국의 오후처럼.

웨스트민스터, 숨결의 성소에서

돌로 지은 시간의 궁전,
웨스트민스터 사원 앞에 서니
천년의 숨결이 나지막이
우리의 귀에 닿았다.

스테인드글라스 너머로 쏟아진 빛
그 안에 신의 언어가 있었다.
말없이 손을 모으는 당신과 아들의 모습
그 자체로 하나의 기도였다.

과거의 왕들이 잠든 자리
그 엄숙한 고요 속에서
나는 사랑이 얼마나 오래 남을 수 있는지를
처음으로 생각했다.

한 줄기 햇살이 툭,
아들의 뺨에 닿고
당신의 눈가에 맺힌 눈물 하나가
이 순간을 영원히 봉인했다.

여행은 끝나도
이 사원의 숨결은 우리 안에 남아
돌아가는 길, 말없이
우리는 서로를 더 깊이 이해했다.

버킹엄 앞의 오후

황금빛 창이 반짝이던 그날,
버킹엄 궁전 앞 정원에 앉아
우리는 아무 말 없이
하늘을 오래도록 바라보았다.

위병의 걸음도,
깃발의 흔들림도
모두 연극 같던 그 풍경 속에서
당신의 손을 스쳐 간 햇살 하나
나를 조용히 흔들었다.

장미보다 붉은 미소를 지은 아들,
궁전보다 고운 눈빛을 가진 당신,
왕의 역사가 흐른 자리에서도
가장 빛나는 건,
우리의 작은 순간이었다.

비둘기 몇 마리 날아오르고
오후의 바람이 옷깃을 흔들 때,
나는 알았다.
이곳이 사랑의 궁전이라는 것을.

의식의 낮, 사랑의 순간
버킹엄 근위병 교대식 앞에서

검은 털모자 아래,
고요히 흐르는 시간이 걸어옵니다.
차가운 돌바닥 위 발소리는
천천히, 아주 조용히
과거의 왕들을 불러냅니다.

아들의 손을 꼭 잡은 당신,
눈빛은 어린 날의 동화를 떠올리고
나는 그 곁에서
근엄함 속에 숨어 있는 미소 하나를
읽습니다.

색색의 깃발이 바람에 춤추고
호위의 나팔이 오후를 가르면
우리의 마음에도
의식처럼 고운 떨림이 찾아옵니다.

세상이 멈춘 듯한 이 순간,
누구도 왕이 아니지만
모두가 존귀한 사랑 안에 서 있습니다.
궁전보다 아름다운,
가족이라는 이름으로.

교대식

발소리 따라
시간이 걷고,
깃발은 바람에
꿈처럼 흔들린다.

아들의 손을 잡은 당신
그 미소 하나에
오늘의 궁전은
우리의 것이 된다.

타워브리지에서

강 위에 놓인 두 개의 탑,
그 사이를 우리는 건넜다.
무거운 철문 아래로
세월도, 바람도 흘러가고

아들의 손엔 작은 바람개비 하나
당신의 눈엔 반짝이는 강물 하나
나는 그 둘 사이
다리처럼 서 있다.

멀리서 배가 지나고
다리가 천천히 들어 올려질 때,
우리 마음도 따라
하늘 쪽으로 들려 올라갔다.

기억합시다.
그날의 런던은 강철보다 따뜻했고
가족이라는 이름은
어떤 다리보다도 든든했다.

바람결에 실려 오는 역사의 숨결, 빅벤 앞에서

높이 우뚝 선 빅벤 종소리 울린다.
시간의 흐름 속에도 꺼지지 않는 빛,
우리 가족 손잡고 마주 선 이 순간
바람결에 실려 오는 역사의 숨결.

아들 웃음, 아내 미소, 나의 눈빛
모두 하나 되어 빛나는 오늘
서로의 온기가 더해져 만들어낸 길
영원히 기억될, 빅벤의 그 약속

시계탑의 초침처럼 똑딱이는 마음
가족이라는 시간 속에 함께 머무르리,
세상을 향한 문, 그 앞엔 선 우리 가족

서유럽의 바람에 실려
감동이 흐른다.

하늘을 품은 꿈, 런던 아이

강물 위에 은빛 달처럼 떠오른 너
런던아이, 도시의 심장 속에 춤추네.
천천히 돌아가는 네 빛나는 눈동자
하늘과 땅, 사랑이 만나는 그 자리

바람결에 실려 오는 잔잔한 속삭임
사랑하는 이와 나누는 조용한 비밀
구름 사이로 스며드는 햇살 한 줌
마음은 자유롭게, 꿈결처럼 떠 오르네.

런던의 밤하늘 아래 가족과 함께라면
시간도 잠시 멈추어 숨을 고르리니
낭만이 깃든 그 바퀴 위에서
우리 가족의 이야기가 별빛으로 빛난다.

제7부

프랑스 여행,
파리 겨울의 감격

에펠탑, 황혼의 숨결

"아내의 손을 꼭 잡고, 아들의 설레는 눈빛을 바라보며 에펠탑
앞에 섰다.
파리의 겨울바람은 차가웠지만, 우리 가족의 마음은 봄처럼 따
뜻했다."

철골 위로 흐르던 겨울 햇살,
황혼이 깃들 무렵 에펠탑은
한 송이 거대한 꽃처럼
파리의 하늘을 수놓았다.

아들의 눈빛에도 별빛이 켜지고,
당신의 손길에도 설레는 바람이 불었다.

그날,
우리를 감싸던 공기는
차가웠으나 따스했다.
사랑하는 이들과 함께 바라본 에펠탑,
그 순간은 영원의 문을 열었다.

샹젤리제의 겨울 별빛

"샹젤리제 거리의 불빛 아래, 우리 가족이 나란히 걸었다.
아내의 미소와 아들의 웃음이 그 어떤 크리스마스 장식보다 눈
부셨다."

빛으로 수놓은 겨울 샹젤리제,
가로수마다 반짝이던 전등이
은하수처럼 쏟아졌다.

당신과 아들이 걸어가던 뒷모습,
그 모습이 나에겐 이 세상
어느 예술보다 더 아름다웠다.

거리에 흐르던 음악,
붉게 빛나던 카페의 창문,
모든 것이 사랑의 무대처럼
우리를 불러 세웠다.

몽마르트르 언덕의 고요한 노래

"사크레쾨르 대성당 앞 계단에서 가족사진을 찍었다.
아들은 성당보다 높이 계단을 뛰어올랐고,
우리는 그 모습을 보며 웃음꽃을 피웠다."

사크레쾨르 대성당 앞 계단 위,
겨울바람에 부는 아코디언 소리,
언덕 위에 서면
파리의 지붕들이 낮게 숨 쉬었다.

아들의 미소는 그보다 더 높고,
당신의 온기는 성당의 빛보다 따스했다.

몽마르트르의 겨울 노래 속에서
우리는 서로를 바라봤다.
그리고 알았다.
이 순간이 파리보다 더 큰 기적임을.

센강 위의 겨울 안개

"우리 가족이 함께한 프랑스의 마지막 밤,
센강 유람선 위에서 파리의 불빛을 바라봤다.
아내와 아들이 내 옆에 있는 것만으로도
세상에 더 바랄 것이 없었다."

베르사유보다 화려하진 않아도
센강은 잔잔한 사랑의 강이었다.

유람선 위, 흰 안개가 흐르고
바람은 차가웠으나
당신의 눈동자는 따뜻했다.

강 위에 스친 에펠탑의 그림자,
마치 오래된 시의 한 구절처럼
우리 마음에도 조용히 내려앉았다.
그날, 센강의 겨울은
우리 가족을 껴안아
영원의 시간 속으로 데려갔다.

에펠탑 아래에서, 우리 가족은

에펠탑 아래에서
바람은 포도주처럼 향기롭고
햇살은 그림처럼 따스하다.

즐거운 아내의 웃음은 강물처럼 흐르고
내 눈빛엔 별이 반짝인다.
아들의 웃음은 종달새처럼 높이 날아
하늘마저 함께 웃는 듯하다.

손을 맞잡고
사진 한 장에 담긴 건
풍경이 아니라, 사랑이었다.

바게트를 나누며
서투른 불어로 주문하며
서로를 바라보는 그 눈빛 속에
행복함이 가득했다.

길모퉁이의 음악 소리,
거리 화가의 붓끝,
그리고 우리의 발자국까지
모두가 이 순간을 노래한다.

파리의 여름,
에펠탑 아래
가족이라는 이름의 기적이
조용히 피어난다.

루브르, 영원의 숨결 속에서

유리 피라미드 아래,
빛이 시간을 부드럽게 어루만질 때
나는 한 점의 침묵이 되어
예술의 심장 곁에 섰다.

모나리자의 눈빛은
몇 세기를 건너 내 마음을 읽었고
사모트라케의 승리는
날개 잃은 채, 더 높이 날고 있었다.

돌이켜보면 이곳은
붓과 망치, 사랑과 혁명의 성소
한 번의 눈빛, 한 번의 숨결에
인류의 꿈이 살아 숨 쉰다.

나는 그림을 본 것이 아니라
삶을, 영원을, 그리고 나를 보았다.
루브르, 그 감동은
내 안에서 아직도 빛나고 있다.

모나리자 앞에서 Ⅰ

그녀는 웃지 않았다.
그저 미소의 문턱에 서 있었을 뿐.
침묵 속에 말없이 건네는
몇 겹의 세월, 그리고 나.

그 눈빛은
지나가는 모든 마음을 붙들고,
이름도 사연도 다른
수많은 하루를 가만히 안는다.

나는 묻지 않았다.
그저 바라볼 뿐이었다.
그녀의 시선 끝에
내가 있었다는 사실만으로 충분했다.

그림은 멈춰 있었지만
내 가슴은 천천히 걸어갔다.
시간과 감정, 그리고
영원을 건너는 미소 속으로.

결핍의 찬란한 선언, 밀로의 비너스 앞에서

그녀는 팔이 없었다.
그러나 그 무엇보다도
완전한 아름다움으로
나를 꿰뚫어 보았다.

부서진 채로도,
그토록 당당할 수 있다니,
세월과 상처 위에
신의 미소가 서려 있었다.

차가운 대리석 속에
숨결 같은 따뜻함이 흐르고,
나는 그 침묵 앞에서
자꾸만 말을 잃었다.

비너스여!
당신의 결핍은 찬란한 선언.
아름다움은
온전함이 아니라,
빛나는 존재 그 자체임을.

비너스를 처음 본 순간

그 순간,
세상의 소음이 모두 멈춘 듯했지.
사람들 사이로 한 발 내딛자
당신이 거기, 빛 속에 서 있었어.

차가운 대리석일 텐데
왜 이토록 따뜻해 보였을까
팔이 없다는 사실마저
오히려 날 더 깊이 끌어안았어.

시간이 흘러도 지워지지 않을,
가장 고요한 감동
그 조각 하나 앞에서
내 마음은 조용히 무너졌지.

그대 앞에서 나는
처음으로 아름다움이라는 말을
입술 대신
심장으로 속삭였어.

연작시, 루브르에서의 사랑

유리 피라미드 아래에서

햇살이 유리 위를 미끄러지며
우리의 그림자를 길게 드리웠지.
사람들 사이로 천천히 걷는 당신 곁에서
나는 그날 처음,
예술보다 당신이 더 빛나 보였어.

당신과 모나리자 앞에서

수많은 눈동자 넘어,
조용히 웃던 단 한 사람,
모나리자의 미소보다
당신의 옆모습이 더 수수께끼였지.

비너스 앞에서 손을 잡고

팔이 없다는 사실조차
그녀를 더 우아하게 만들었지.
삶의 모난 날들 속에서도
당신은 나에게 가장 완전한 사람이었어.

승리의 날개 아래에서, 시모 트라케의 니케

높은 계단 위에서 날개를 펼친 여신,
그 아래 우리는 숨을 죽였지.
세월과 돌무더기 속에서도
사랑은 저토록
당당히 서 있을 수 있다는 걸.

루브르의 마지막 방에서

마지막 회랑을 돌아 나올 때,
무거운 발걸음보다
더 천천히 걷던 건
당신을 향한 내 마음이었을 거야.

벽에 걸린 마지막 그림보다
당신 손에 남은 따스함이,
오늘 내가 만난 가장 깊은 예술이었지.

당신과 모나리자 앞에서

수많은 시선이 모인 그 방에서
나는 단 하나의 눈동자만을 바라보았지.
그림 속 미소가 아닌,
내 곁에서 조용히 웃던 당신의 얼굴

모나리자는 말이 없었지만,
당신의 손끝은 내 마음을 다 안아주었고,
르네상스의 빛 아래
우리의 시간도 잠시, 영원이 되었지.

그녀의 미소는 수수께끼였다지만,
나는 알 것만 같았어.
사랑하는 이와 나란히 선 순간,
사람은 저렇게 미소 짓는다는 걸.

세상에서 가장 유명한 그림 앞에서
나는 세상에서 가장 소중한 사람과
숨을 맞췄고, 미소를 나눴어.
그것만으로도 충분한 하루였지.

모나리자 앞에서 II

수많은 발걸음 속을 지나
우리는 조용히 한 그림 앞에 섰다.

작고 조용한 미소
모나리자의 눈길은
세기의 침묵을 건너
우리 가족을 바라보고 있었다.

모나리자의 미소는 풀리지 않았다.
하지만 우리 가족의 하루는
그 미소보다 더 분명한 사랑으로
환해지고 있었다.

루브르의 깊은 복도 속
그림 하나 앞에서
시간이 멈춘 듯,
영원으로 걸어 들어갔다.

루이 16세의 방에서

정적이 머문 방,
황금 벽엔 역사의 숨결이
살며시 기대어 있고,
그 한 가운데
우리 가족이 서 있다.
왕의 침묵이 감도는 이곳에
아들의 속삭임이 번지고,
아내의 발끝은
세월 위에 꽃잎처럼 가볍다.

침대 곁 창문으로
햇살 한 줄기 스며들어
우릴 오래 바라보다가
말없이 등을 쓰다듬는다.

루이의 그림자가 머물던 곳,
그 무게보다 더 고운 우리 사랑이
이 순간,
방 안 가득 피어오른다.

왕의 방이 아니라
오늘은
우리 추억의 황실이었다.

마리 앙투아네트의 방에서

장밋빛 커튼 사이로
햇살이 한 줄기 내려와
아내의 뺨을 쓰다듬는다.
왕비가 걸었을 그 길 위에
오늘, 당신이 선다.

레이스 깃든 거울 앞에서
아들의 웃음이 튀어 오르고,
그 속엔 천진한 꿈과
아득한 궁정의 속삭임이 어우러진다.

이곳은 화려했으나
사랑을 갈구했던 방,
우린 그 사랑의 빈자리에
서로의 손을 놓지 않고 앉았다.

바람도 조용히 머무는 오후,
왕비의 방 창밖 정원에서
나비 한 마리 날아들어
우리의 추억을 봉오리처럼 맺는다.

이곳은 이제
마리 앙투아네트의 방이 아니라
우리 사랑이 잠시 들른
한 편의 낭만이었다.

베르사유의 마지막 저녁

황혼은 금빛 천을 걷고
분수의 물결도 숨을 죽인 채
마지막 저녁을 기다린다.
루이와 마리는
서로의 눈을 오래 바라보다
말없이 손을 맞잡았겠지.

샹들리에 아래,
한때는 웃음으로 가득했던 방에
이제는 바람도 조심스레 걷는다.
아무도 몰랐을 거야,
그 화려함 뒤에
슬픔이 그렇게 깊었는지.

정원 끝,
장미는 여전히 피고 지는데
그들은 알았으리라,
왕관은 머리에 있으나
사랑은 마음을 떠난 적 없음을,

우리가 서 있던 그 자리,
시간은 잠시 되돌아와
속삭인다.

"이곳은 왕의 궁전이었으나
지금은 두 연인의 마지막 무대였노라."

그리고 오늘,
우리 가족이 그 길을 따라 걸으며
다시 사랑을 배운다.
화려함보다 귀한 것은,
끝까지 함께한 마음임을.

베르사유의 마지막 왈츠

황금으로 물든 저녁 햇살이
궁전의 발코니를 스치고
루이와 마리는
말없이 마지막 춤을 추었으리,

바람조차 숨죽인 거울의 방,
샹들리에는 눈물처럼 빛나고
오래전 음악 소리가
대리석 바닥을 맴돈다.

화려한 폐허 속에서
두 손을 놓지 않은 두 사람,
운명보다 사랑을 먼저 품은,

장미 정원은 아직 피어 있고
하늘은 기억하듯
부드러운 푸름을 건넨다.
아아,
왕관은 떨어져도
사랑은 끝나지 않으리,

오늘,
우린 그 길을 걷는다.

역사가 지운 자리에
다시,
가족의 사랑을 새기며.

시간이 멈춘 궁전, 베르사유 궁전 가족 여행

물의 정원 따라 걷는
아내의 미소,
햇살을 닮고,

조각난 분수의 물결 사이
아들의 웃음이 날린다.

황금의 문을 지나
시간이 멈춘 듯한 궁전,
우린 손을 맞잡고
루이의 거울보다
더 투명한 사랑을 비춘다.

한 송이 장미도
우릴 위해 피어난 듯,
이 순간
역사가 우리 가족을 품었다.

베르사유,
너는 단지 궁전이 아닌
우리 가족의 추억을 새긴
영원의 정원이었다.

개선문 아래서 Ⅰ

바람은 천천히 흘렀다.
샹젤리제의 끝, 돌 위에 새겨진
수많은 이름들 틈에서
우리는 서로의 이름을 불렀다.

아들의 손을 잡은 당신,
그 손을 감싼 내 손,
세 겹의 사랑이
그 거대한 문을 통과했다.

전쟁과 평화의 기억을 안은
아치의 그림자 아래
우리는 그저 평범한 가족이었지만
시간은 우리를 영웅처럼 안아주었다.

아무 말 없이
눈을 마주치던 그 순간
세상에서 가장 아름다운 풍경은
바로 당신과 아들, 그리고 우리였다.

개선문 아래서 II

저녁노을이 천천히 내려앉던 순간,
시간은 돌로 빚은 문을 쓰다듬고
우리는 그 아래서
말없이 서로의 숨결을 들었다.

당신의 눈동자에 비친 탑의 곡선,
아들의 웃음이 바람을 건너
우리의 가슴에 작은 별처럼
하나둘, 불을 켰다.

이 길 끝에는 역사가 있었지만
이 문 아래엔 사랑만 남아
세월도 한낱 지나가는 행인처럼
우릴 비켜 갔다.

돌처럼 단단하진 못해도
꽃잎처럼 흩어진 그날까지
나는, 당신과 아이와 함께
이 문을, 이 순간을 품으리.

샹젤리제, 겨울의 노래

불빛이 물결처럼 흐르는 거리,
샹젤리제의 겨울은
눈이 아닌 사랑으로 내렸다.

아들은 웃으며 앞서 걷고
당신은 조용히 그 모습을 바라보다
내게 손을 살짝 내밀었다.
세상에서 가장 따뜻한 순간

우리는 말없이 걸었지만
모든 풍경이 우리를 노래했다.
진저브레드 향기, 음악 소리,
전시장에 비친 셋의 그림자

아들의 코끝에 맺힌 하얀 숨결,
당신의 눈가에 스친 빛 한 줄기
그 모든 것이 낭만이었다.
겨울밤, 파리 한복판에서

나는 기도했다.
이 거리를 다시 걷게 되기를,
시간이 흘러도
오늘의 우리를 잊지 않기를.

몽마르트르, 거리의 악사와 함께

하얀 성당이 하늘에 기대고
파리의 지붕들이 햇살처럼 퍼지던 오후,
그곳에, 하나의 선율이 피어올랐다.
거리의 악사,
기타를 안고 노래하던 이름 모를 시인.

우리는 그 곁에서 가만히 귀를 기울였지
얼굴 가득, 파리의 햇살을 닮은 미소
나는 마음으로 느끼며
이 멜로디가 우리 가족의 추억이 되길 바랐다.

당신은 두 손 모아 가만히 바라보았고
그 눈엔 오래된 사랑의 불빛이 일렁였다.
낯선 곡조였지만
우리의 마음은 오래전부터 알고 있었다.

시간은 리듬처럼 흐르고
바람은 리듬을 따라 춤을 추었다.
성당 앞 계단, 우리 가족의 그림자
한 곡의 노래처럼 포개져
노을 아래 길게 누웠다.

세상 끝까지 따라올 것 같던 그 선율

우리가 떠난 뒤에도
악사는 조용히 노래했으리
사랑은 그렇게,
한겨울 오후
몽마르트르 언덕에 머물렀다.

노을 속의 연주, 몽마르트르 언덕에서

하얀 샤크레 쾨르 성당에
노을이 천천히 내려앉을 무렵
거리의 악사가 기타를 들고
하늘빛을 튕기기 시작했다.

아들은 계단 난간에 살짝 기대어
음표처럼 웃고 있었고
당신은 그 옆에서
햇살보다 더 부드러운 눈길로 바라보았다.

파리의 붉은 지붕들 위로
주황빛이 물결치듯 번질 때
악사의 노래는
바람을 타고 우리 가족을 감쌌다.

나는 조용히 당신의 손을 잡고
당신의 어깨에 온기를 얹으며
이 순간, 아무 말 없이 기도했다.
"부디 이 풍경이, 이 사랑이
우리 가족의 기억에 오래 머물게 해 달라"

노을은 성당을 금빛으로 감싸고
우리는 그 빛 속에서
하나의 작은 가족이 되었다.
하나의 선율, 하나의 기적처럼.

오르세 미술관, 모네의 연못 앞에서

햇살은 잔잔한 물결 위에 춤추고
수련 잎 사이로 부드러운 바람이 불었다.
당신은 작은 발걸음으로 조심스레 다가가
그림 속 세상에 말을 걸듯 고요히 서 있었다.

나는 당신의 어깨를 감싸며
그 빛나는 순간을 마음에 담았다.
당신은 조용히 미소 지으며
수면 위에 떠 있는
꽃잎 하나를 바라보았다.

모네의 붓끝에서 피어난 빛과 색깔처럼
우리의 시간도 그렇게 천천히
우리에게 스며들고 있었다.

작은 연못 앞,
우리 가족은 말없이 서로를 보고
그 무엇보다 따뜻한 평화를 느꼈다.

물이 반짝이는 그 순간,
아들과 당신과 내가
하나의 그림이 되었다.

오르세의 시간 앞에서

세상의 시간이 멈춘 듯 고요한 미술관,
그 커다란 시계 창 아래
우리 가족은 나란히 섰다.

모네의 빛, 고흐의 소용돌이,
르누아르의 미소 사이를
우리는 천천히 걸었다.
그림보다 빛나는 눈동자로,

당신은 한참 클림트를 바라보다
조용히 내 손을 잡았고,
나는 느꼈다.
예술은, 사랑과 닮았다는 것을,

바람 한 점 없던 정오,
우리는 말없이
세기의 화폭을 지나며
서로의 얼굴을 다시 그렸다.

시계 뒤편,
빛이 유리창을 통해 스며들고
그 안에 당신과 아들, 그리고 내가
작은 풍경처럼 물들어 있었다.

아무것도 갖지 않고도
모든 것을 품을 수 있는 곳
그날의 오르세는
한 편의 그림이 되어
우리 마음 깊이 걸려 있었다.

오르세 미술관, 고흐의 별밤 아래서

검은 밤하늘에 휘감긴 별들의 춤사위
고흐의 붓끝에서 살아난 빛의 노래
우리 가족은 그 앞에 서서
잠시 걸음을 멈추었다.

아들의 눈동자에도 별들이 반짝이고
당신은 조용히 내 손을 잡고
그 끝없는 우주 속에서
우리 가족의 작은 이야기를 그렸다.

별빛은 물결치듯 미술관 안을 흘렀고
밤은 찬란한 꿈처럼 내려앉았다.
고요한 그림 속, 우리 가족의 마음은
별 하나, 달 하나로 반짝였다.

그날 밤, 고흐의 별밤 아래서
사랑은 밤하늘처럼 깊고 넓게
우리 가족의 마음에 새겨졌다.

별밤, 세 사람의 침묵
오르세 미술관에서

우리 가족은 고흐의 밤 앞에 섰다.
소용돌이치는 푸른 하늘 아래
별들은 마치 심장처럼 고동쳤고
달은 눈물처럼 부드럽게 떨고 있었다.

우리는 말하지 않았지만
별이, 휘몰아치는 붓결이,
그 뜨거운 푸름이
모든 걸 대신 말해 줬다.

사랑은 그렇게
미술관 한편, 별 하나에 기대어
잠시 쉬어갔다.

그날 밤 우리 가족은
고흐의 그림을 보지 않았다.
고흐의 마음을,
그 불면의 사랑을 보았다.
그리고 그 아래,
우리 가족의 사랑도 별처럼
조용히 빛나기 시작했다.

제8부

독일 여행,
겨울의 노래

프랑크푸르트, 뢰머 광장의 낭만

붉은 벽돌과 목조 건물들이
동화책 속 장면처럼 펼쳐진 광장,
한겨울의 뢰머는 우리를
시간의 강 건너로 이끌었다.

가만히 귀 기울이면
중세의 말발굽 소리와 웃음소리가
오늘도 이곳 돌바닥 사이로 새어 나오는 듯,
그 고요한 숨결 위로
우리 가족의 발자국이 새겨졌다.

가로등 불빛이 하나둘 켜질 때,
당신의 눈빛은 그보다 더 따스했고
아들의 웃음은 종탑의 종소리처럼
광장 위를 가득 메웠다.

그날,
뢰머 광장은
우리만을 위한 낭만의 무대였다.
겨울 공기는 차가웠으나
가족의 손을 맞잡은 이 마음은
은은한 포도주 향처럼
오래도록 가슴을 적셨다.

하이델베르크, 네카강 위의 설원

하이델베르크 성이 내려다보이는 네카강,
그 잿빛 강 위로 부드럽게 쌓이는 눈송이들,
돌다리 위를 걸으며
우리는 중세의 시인처럼
하나하나 낱말을 주워 담았다.

강 건너 숲 언덕에서
아들의 웃음소리가 메아리치자
겨울 하늘마저 흩날리는 은빛 별빛을
조금 더 부드럽게 쏟아냈다.

이 도시의 겨울은
언제까지나 잊지 못할
사랑의 화폭이었다.

뮌헨, 마리엔 광장의 눈꽃

종탑 시계가 겨울 저녁을 알릴 때,
미리엔 광장은 고요한 축제가 되었다.
한쪽에는 따끈한 향기가 퍼지고,
다른 한쪽에는 아들의 손길이
눈꽃을 쌓아 작은 기적을 만들었다.

구시청사의 첨탑이 바라보는 아래서
우리는 서로의 눈 속에서 피어난
겨울 장미를 보았다.

뮌헨의 겨울밤,
그 황홀한 눈부심이
우리 마음에도 살며시 내려앉았다.

로텐부르크, 중세의 겨울 꿈

마치 시간이 멈춘 듯,
로텐부르크의 골목은
중세로의 문을 활짝 열어주었다.

창문마다 걸린 작은 초와 장식들,
그 속에서 당신의 눈동자가
어느 때보다 반짝였고
아들의 미소가 골목마다
새하얀 눈송이처럼 흩날렸다.

이곳의 겨울은 동화였고,
그 동화 속에서
우리는 한 장의 그림엽서가 되어 있었다.

드레스덴, 엘베강의 겨울 노래

드레스덴의 황혼,
엘베강 위로 서녁 안개가 피어오르고
제멋대로 흩날리던 눈송이들이
도시의 불빛에 부드럽게 녹아들었다.

그날 우리는 함께였다.
황금빛 제벨린거 궁전 앞에서
서로의 온기를 나누며
한겨울의 노래를 들었다.

그때의 공기,
그때의 숨결,
그때의 사랑,
아직도 내 심장 속에서
작은 눈송이처럼 살아 있다.

당신과 걷는 동화의 하루, 독일 노이슈반스타인성에서

푸른 숲 넘어,
하늘을 품은 성 하나가
우리 앞에 모습을 드러낸다.
시간도 잠시 멈춘 듯,
당신의 손을 잡습니다.

루트비히 왕의 꿈이
돌로 빚어진 그 자리에
우리의 사랑도 꿈처럼 포개지고,
성의 첨탑 끝마다
당신의 눈빛이 반짝입니다.

멀리서 들려오는 종소리처럼,
내 마음에 울리는 당신의 미소,
그 안에서 나는
수천 겹의 설렘을 본다.
이 순간, 함께여서 고맙습니다.

기억합시다.
우리가 함께 바라본 저 성은
돌이 아니라 사랑으로 지어진 것,
노이슈반스타인의 기적은
당신이 내 곁에 있는 바로 그것입니다.

당신과 나의 성, 독일 노이슈반스타인성

안개가 숲을 감싸안을 때
우리의 발걸음은
조용히 동화 속으로 들어간다.

산허리에 걸린 하얀 성,
구름보다 가까운 그곳에
당신의 눈동자가 먼저 닿는다.
마치 오래전,
우리가 이미 이곳을 지나온 듯
낯익은 숨결이 성벽을 타고 흐른다.

시간은 천천히 녹아
햇살처럼 내 마음에 스며들었고,
당신의 미소는 그 순간
성보다 더 빛난다.

돌로 쌓은 꿈이 있다면
바로 이 풍경일까?
숨죽인 숲과, 종소리 같은 바람과,
그리고
당신이라는 기적이
나와 함께 있는 지금.

세상 끝에서도
나는 당신과 함께라면
어떤 성도, 어떤 길도
다시 걷고 싶다.

인생의 언덕에서 마주한 사랑의 풍경,
노이슈반스타인성에서, 당신을 본다.

젊은 날
우리는 시간보다 앞서 걸었다.
때론 숨 가쁘게,
때론 말없이 흘러가는 강물처럼 흘러왔다.

수많은 계절과
비바람의 골짜기를 지나
이제 우리는,
독일의 깊은 숲 넘어
하늘과 맞닿은 성 앞에 서 있다.

노이슈반스타인
그 돌의 꿈 앞에서
나는 문득 당신의 손을 다시 본다.
주름진 손등엔
수고의 햇살이, 기다림의 비가
조용히 내려앉아 있다.

"당신과 여기까지 왔네요."
마음속에서 그런 말이 흘러나온다.
이 먼 길의 끝에
내가 아니라 당신이 있어서,
나는 참 다행이라 생각한다.

돌아보면 우리가 쌓아 올린 날들이
이 성보다 더 아름답고,
이 성보다 더 단단했음을
이제야 깨닫는다.

여기서 다시,
당신의 눈을 바라보며 약속한다.
남은 여정도
같은 걸음으로, 같은 숨결로,
함께 걸어가자고.

사랑이 머문 언덕, 하이델베르크 고성 Ⅰ

넓은 언덕 위, 붉은 석양에 물든 고성
세월은 돌담을 타고 조용히 흘러
그 위에 우리 가족, 바람처럼 서서
오래된 기억 속 풍경과 눈을 맞춘다.

포도 넝쿨 사이 햇살은 금실처럼 내려앉고
아들의 웃음은 종달새처럼 날아올라
아내의 눈빛은 강 건너 노을에 물들고
나는 그 곁에서 조용히 시간을 안는다.

네카강은 말없이 흐르며 속삭인다.
"사랑은, 함께한 발걸음 속에 있다."
고요한 성벽 아래, 우리의 하루가 피어나
영원의 한 페이지처럼 마음에 새겨진다.

가족의 기억, 하이델베르크 고성 II

고성의 돌담 사이로 스며드는 햇살
세월의 흔적이 쌓인 그 길을 따라
우리 가족 발자국 하나하나 새겨져
시간을 넘어 마음에 깊이 남네.

아들의 해맑은 웃음소리, 고성 안에 울리고
아내의 손잡음은 따스한 봄바람 같네.
오래된 탑 위로 바라본 푸른 강물
흐름처럼 이어진 사랑의 이야기

고성의 그늘 아래 약속한 미래
가족이라는 이름으로 영원을 품으며
하이델베르크 하늘에 우리의 꿈을 띄운다.
이 순간, 평생 간직할 사랑의 노래

제9부

오스트리아 음악 여행

쇤브룬의 황금 오후, 비엔나 가족 여행

햇살이 궁전의 정원을 쓸며
우리 가족, 오래된 그림 속을 걷는다.
황금빛 시간도 잠시 멈춘 듯
우리들의 손끝에 마음이 닿는다.

마리아 테레지아의 숨결이 머무는 곳,
돌계단 위엔 사랑의 여운이 흐르고
분수는 우리를 위해 노래하고
장미 덤불 넘어, 청춘이 되살아난다.

가족의 눈빛에 어린 궁전의 창
거기 비치는 건 과거도 미래도 아닌
지금, 이 순간
서로를 다시 발견하는 기적

쇤브룬이여, 너의 품은
한때 제국의 영광을 안았고
이제는 한 쌍의 평범한 가족에게
세상 가장 빛나는 하루를 허락했네.

우리는 걷는다.
낙엽조차 반짝이는 이 길 위에서
황금보다 귀한 기억 하나
가슴에 새기며.

쉰브룬 정원에서, 비엔나 가족 여행

햇살은 궁전보다
당신 미소로 먼저 내려앉고,

우리는 말없이 걷는다.
세월이 깃든 나무 사이로,

장미꽃 한 송이 피어
마치 처음 사랑하던 날처럼,

그대 손을 잡은 이 순간
시간은 멈추고,
마음은 다시 젊어진다.

비엔나의 황금 새벽

쇤브룬 궁전의 창문 너머
비엔나의 아침이 깃들던 날,
거울 햇살이 창백한 공기를 뚫고
우리의 옷깃을 따뜻하게 적셨다.

모차르트의 선율이 살아있는 듯한 도시,
거리는 고요했으나
바람 속에는 숨결처럼 부드러운 음악이
깃들었다.

이토록 차갑고도 아름다운 곳에서
나는 알았다.
사랑하는 이들과 함께라면
그 어떤 겨울도 꽃피는 계절이 된다는 것을.

빈 슈테판 대성당에서

하얀 숨결이 성당 앞 돌바닥을 스치고
그 위로 우리 가족의 발자국이 나란히 찍혔다.
겨울 빈,
조용한 아침,
천년의 첨탑이 하늘을 꿰뚫는 자리에서
우리 가족은 잠시 말을 잃었다.

성당 문을 열자,
바람도 숨을 멈춘 듯
수많은 별빛이 유리창에 갇혀
색색의 기도로 흘러내리고 있었다.

천사가 다녀간 듯한,
지붕이 성인들의 눈길 아래
우리 가족이 함께 있었던 그 순간을
영원히 기억 속에 간직하고 싶었다.

한겨울의 빈,
슈테판 대성당
그 안에서 우리 가족은
하나의 시간,
하나의 빛이 되었다.

슈테판 대성당, 겨울의 기도

하얀 숨결이 날아오르던
빈의 겨울 하늘 아래
슈테판 대성당은
시간을 잊은 채,
꿈처럼 솟아 있었다.

그 앞에 섰을 때
우리는 마치
중세의 한 페이지를 넘긴 듯
세상의 소란이 사라지고
오직,
사랑만이 들려왔다.

첨탑은 별을 찌를 듯 뾰족했고
스테인드글라스엔
빛이 꽃처럼 피어
아내의 눈에 머물렀고
아들의 마음에 물들었으며
내 가슴엔 눈물처럼 흘렀다.

천장이 하늘보다 높아 보이던 그곳,
숨죽인 오르간의 첫 음이
마치 천사의 속삭임처럼 울릴 때

나는 조용히 아내의 손을 잡았다.

사랑하는 가족이여!
우리 함께 이 거룩한 빛 속에서
얼어붙은 시간도 녹이고
눈발마저 기도처럼 맞으며
잠시,
영원 속을 거닐었다.

슈테판의 종소리 아래
아들은 소년이었고,
아내는 천사였으며,
나는 가족의 보금자리였다.
가장 아름다운 이름으로.

벨베데레, 황금의 입맞춤

눈 내린 빈의 오후
하얀 정원 사이로
벨베데레 궁전이
빛을 머금고 있었다.

유리보다 투명한 고요,
그 속을 걷는
아들과 아내, 그리고 나
우리 가족의 발걸음 위로
시간은 조심스레 내려앉았다.

클림트 황금빛 그림 앞에서
우리 가족은 숨을 멈추었고
사랑은 그 순간
영원이라는 이름으로
화폭 안에 잠들어 있었다.

그림 밖에서,
아내는 조용히 웃었고,
아들은 고개를 갸우뚱했다.
우리는 서로 말없이
서로의 마음을 읽었다.
겨울 빈,
벨베데레
그 글자 속에
'가족이 함께'라는 시가 써지고 있었다.

황혼 속의 빈 국립 오페라 극장

빈의 거리에 황혼이 내려앉을 무렵
국립 오페라 극장의 불빛이 켜졌다.
그 빛은 한겨울 공기를 가르고
화려한 별빛처럼 우리를 초대했다.

아들의 눈망울에 반짝이던 설렘,
당신의 미소에 스며있던 황홀함,
그 모든 순간이
내 삶의 가장 아름다운 악장이 되었다.

빈의 겨울밤은 이렇게 우리를
영원의 무도회로 이끌었다.

빈 오페라 극장에서 한 편의 사랑 시처럼

황혼의 빈,
겨울바람이 거리의 등을 스치고
우리 가족은 조용히 오페라 극장의 문을 열었다.
그 순간,
세상은 낮은 숨결로 바뀌고
시간은 금빛 장막 뒤로 접혀 들었다.

붉은 커튼 아래,
황금 장식의 천장과
별처럼 반짝이던 샹들리에
그 모든 빛은
아내의 눈동자 속에서 피어났고,
아들의 두 손은
경건하게 무릎 위에 얹혔다.

우리 가족은
그날 비로소 느꼈다.
소리가 그림이 되고,
침묵이 음악이 되는 순간을,

아리아가 극장을 가득 메우고
무대 위 사랑과 운명이 교차할 때
나는 문득 아들과 아내를 바라보았다.

내 삶의 가장 찬란한 오페라는
바로 지금, 여기라는 것을,

나는 마음으로 간절히 기도했다.
이 황홀한 순간이
우리의 기억 속에
한 편의 시처럼 남기를,

빈의 밤,
극장밖엔 차가운 말이었지만,
우리는 함께,
세상의 가장 아름다운 이야기 속을
조용히 걸어 나왔다.

겨울 햇살에 무지개 내린 도나우강에서

그날 오후,
빈의 겨울은 유난히 밝았고
도나우는 고요히 흐르며
자신의 속삭임을 반사하고 있었다.

우리는 다리 위에 멈춰 섰고,
바람은 스치듯 지나가며
아내의 머리칼을 흔들고
옷깃을 살며시 올렸다.

그 순간,
구름 사이로 빛이 쏟아졌고
은빛 강물 위에
무지개 하나가
조용히 내려앉았다.

한 줄기 빛,
일곱 개의 숨결,
도나우의 얼어붙은 마음마저
그 온기로 녹아내리는 것 같았다.

무지개는
누구에게나 잠시만 허락되는

하늘의 시,
그 짧은 황홀 속에서
우리는 세상에서 가장 따뜻한
가족이 되었다.

얼었던 마음이 풀렸고,
말하지 못했던 사랑이
빛을 타고 건너왔다.

도나우는 흘렀고
무지개는 사라졌지만
그날의 사랑은
아직 내 마음 강가에 머물고 있다.

언제든,
다시 떠오를 준비를 한 채로.

미라벨 정원, 눈꽃 속을 걷다

꽃은 없었다.
겨울의 미라벨 정원엔
향기 대신
고요가 피어 있었고
세상은 온통 하얀 숨결로 덮여 있었다.

우리는 말없이 그 길을 걸었다.
바람조차
정원을 거룩하게 스치고 지나갔다.
분수는 얼어 있었고
대리석 계단은
시간의 무게를 껴안은 채
묵묵히 우리를 맞아 주었다.

나는 그 순간을 기억한다.
아들이 돌아보며 웃던 얼굴,
아내가 바라보던 아들의 눈빛,
그리고
그 두 사람을 바라보던
내 마음의 깊은 떨림,

그날, 미라벨은

겨울의 정원이 아니었다.
그건 하나의 악장,
사랑과 침묵과 눈발이 어우러진
한 편의 느린 왈츠였다.

언젠가 봄이 오고
이 정원에 다시 꽃이 핀다 해도
나는 오늘의 이 정원을
잊지 못할 것 같다.

꽃보다 눈이 아름다웠던 날
그날의 장원엔
우리 가족의 사랑이 피어 있었으니까.

모차르트 생가에서, 음악의 숨결을 듣다

작은 골목을 따라
눈송이들이 조용히 말을 걸어올 때,
우리는 어느 담담한 건물 앞에 멈추었다.
그 이름,
모차르트,
시간을 뚫고 건너온 음악의 탄생지.

노란 외벽의 조용한 숨결,
나지막한 창틀 아래
그의 첫울음이
이 세상에 남긴 떨림을 상상하며
우리 가족은 문을 열고 들어섰다.

아들은 조용히 숨을 고르며
작은 첼로를 들여다보았고
아내는 빛바랜 악보 앞에서
한참 동안 시선을 거두지 못했다.

나는 말없이
그 모든 것을 바라보았다.
이 방 안에는
음악보다 더 오래된 침묵이 흐르고 있었고,
그 침묵이야말로

가장 순결한 선율처럼 들렸다.

우리는 말을 아꼈다.
이 적은 집 안엔
언어보다 맑은 공기가 있었고
가족의 마음이
하나의 음표로 묶여 있었다.

밖으로 나왔을 때
눈발이 날리고 있었고,
아들은 모차르트 초콜릿을 하나 들고 있었다.
나는 그 순간을
지울 수 없는 악상처럼
가슴에 적어 넣었다.

인스브루크 왕궁, 침묵 속의 황금

왕궁 앞에 서니
시간이 발끝을 멈추고,
바람도 벽에 기대어 조용히 숨을 고른다.

하얀 궁전
창 너머 스민 겨울 햇살
그 안에는 말로 다 담지 못할
기품과 오래된 숨결이
묵묵히 우리를 맞이했다.

아들은 정면으로 벽화를 바라보았고,
아내는 천장의 조명을 올려다보았다.
나는 두 사람의 옆모습을 바라보다
이 순간을 마음에 새겼다.

세상은 그토록 넓고 오래되었건만
지금 여기,
이 왕궁의 한가운데
아들과 아내,
그리고 내가 함께 있다는 것이
눈물겹도록 아름다웠다.

황금빛 장식 아래
조용한 발소리가 울려 퍼질 때
그 소리마저도

마치 고전음악처럼 느껴졌다.
나는 기도했다.
이 궁전의 섬세한 조각들처럼
아들의 마음도,
아내의 온기도,
부서지지 않고 반짝이기를,

왕들의 기억은 벽 속에 잠들었고
우리는 가족의 사랑을
그 위에 덧그리며 걸었다.

바깥으론
하얀 알프스가 병풍처럼 서 있었고
우리는 그 아래서
가장 단단하고 따뜻한 것,
서로를 느끼고 있었다.

인스브루크,
그날의 왕궁은
화려함보다 고요했고,
웅장함보다 깊었으며
무엇보다도,
우리 가족의 마음이
하나의 왕궁이 되던 곳이었다.

인스브루크, 알프스의 품에서

설산(雪山)이 품은 작은 도시, 인스브루크
하얀 알프스의 봉우리들이
마치 세상을 지켜주는 수호신 같았다.

광장 위로 울려 퍼지던 캐럴,
가족의 발자국이 쌓여가는 골목마다
겨울 동화가 피어났다.

찬바람에 스칠 때마다
당신의 손길이 나를 덮어주었고,
그 순간 나는 알았다.
가족이 곧 내 겨울의 따스한 모닥불임을.

잘츠부르크의 눈부신 강변

잘차흐강 위로 흐르던
희미한 물안개,
그 위를 건너던 우리는
순간 꿈길을 걷는 듯했다.

사운드 오브 뮤직의 언덕 너머로
울려 퍼지던 종소리,
그 울림에 우리 마음도
새처럼 날아올랐다.

당신의 미소가 이 도시를 더 빛냈고
내 가슴 속에서 여전히
눈 덮인 성처럼 찬란하다.

호엔잘츠부르크성, 눈 위에 머문 사랑

하늘이 낮아진 오후,
눈발은 음악처럼 느리게 내렸고
우리는 오래된 언덕을 걸어
천상의 성으로 올랐다.

호엔잘츠부르크,
그 이름만으로도 한숨처럼 아름다워
나는 말없이
아내의 손을 잡았다.

성채의 돌담 위에
하얀 시간이 소복이 쌓이고
도시의 지붕들이
한 폭의 수채화처럼 번져 있었다.

바람은 살짝
아들의 뺨을 스치고
아내의 목도리를 흔들며
겨울의 인사를 남겼다.

나는 그 장면을 바라보며
문득,
이 모든 사랑이

한 번도 다 말하지 않은 시 같다는 걸
느꼈다.

아들의 침묵,
아내의 눈빛,
나의 심장은
모두 그날,
성채 위 눈송이처럼
서로에게 스며들었다.

돌아오는 길,
나는 몇 번이고 뒤를 돌아보았다.
그 하늘 아래
우리의 그림자가
아직도 머물고 있을 것 같아,

호엔잘츠부르크성,
그날 아들은 소년이었고,
아내는 빛이었으며
나는 두 사람 사이를
눈처럼 조용히 걸어가고 있었다.

마리아 테레지아 거리, 눈 속을 걷다

하늘이 낮아지고,
알프스의 눈부심이
창문마다 내려앉던 오후,
우리는 조용히
마리아 테레지아 거리를 걸었다.

가게 간판들이 낮게 숨 쉬고
벽돌 위엔 눈이 고요히 엎드려 있었다.
상점 너머로 번진 겨울 햇살이
아내의 뺨에 닿을 때
나는 문득,
이 순간이 하나의 풍경이기를 바랐다.
다시는 오지 않아도
영원히 남아 있을,

마리아 테레지아 거리엔
우리 가족 시간의 발자국이 남았다.
그날,
우리 가족은 눈 내리는 유럽의 거리에서
서로를 조금 더 이해했고,
그 겨울의 정중앙에서
우리들의 인생은
이토록 아름다운 속도로
흘러가고 있다는 것을 알았다.

마리아 테레지아 거리의 황홀함

한겨울 저녁,
마리아 테레지아 거리 위로 쏟아진 빛의 향연
황금빛 램프가 만들어낸
작은 우주를 걸어가는 우리는
마치 오스트리아의 별들이었다.

가벼운 눈발이 날려도
당신의 손을 잡고 걷는 이 길은
얼어붙은 시간조차 녹여내던 온기,

거리마다 번져가는
바로크풍 건물의 속삭임,
바람결에 스며드는 바이올린 선율,
그 속에서 가족의 웃음소리가
은하수처럼 흐르고 있었다.

제10부

스위스 여행,
융프라우의 감격

린덴호프 언덕에서

우리는 천천히 걸어 올랐다.
취리히의 시간을 내려다보는 린넨호프 언덕,
겨울 하늘 아래,
하얀 입김 사이로 사랑이 피어나던 오후,

도시의 지붕들이 정겹게 겹친 아래,
리마트강이 은빛 리본처럼 흐르고
눈부신 백색의 거리 위로
작은 종소리가 실려 오면
세상의 모든 풍경이 아내의 눈망울처럼
투명했다.

아들은,
잠시 말을 멈추고
낯선 도시의 풍경을 가슴에 담았다.
그 어린 눈동자에 비친 시간은
내가 잊고 있던 순수였고
아내의 손끝에 얹힌 온기는
겨울의 중심에서 피어난 봄이었다.

린덴 나뭇가지마다
눈은 천천히
우리 가족의 어깨 위로

내려앉았다.
나는 말없이 두 사람을 바라보며
속으로 다짐했다.
이 순간을,
이 사랑을,
시간보다 오래 기억하리라.

언덕 아래 세상은 바쁘게 흐르는데
우리는 잠시,
그 흐름에서 벗어나
삶이 얼마나 아름다운지를
한 그루 나무처럼 서서 배우고 있었다.

반 호프 거리, 사랑의 설원 위에서

하얀 입김 사이로 흘러나온 아들의 웃음은
눈 내린 설원 위 첫 발자국 같았다.
그 위를 우리 셋, 조용히 걸었다.
시간보다 느린 걸음으로
가장 소중한 것을 지우지 않으려는 듯,

취리히의 오후는 유리처럼 투명했고
반 호프 거리는 고요한 선율로 흐르고 있었다.
가로수마다 겨울 햇살이 매달려
아들의 눈동자 속에서 반짝였고,
아내의 볼 끝에서 작은 장미처럼 피었다.

트램이 지나가는 소리에
아들은 고개를 돌렸고
나는 그 짧은 찰나에
아들의 어린 날이
두고 온 장난감처럼 멀어지고 있음을 알았다.

카페 안,
김 서린 창가에 마주 앉아
아들은 초콜릿케이크를 먹고 있었고
아내는 커피잔에 입을 대며 나를 바라보았다.
그 순간, 나는 속삭였다.

이 모든 것이 시가 될 거라고,
오늘이 내 인생의 가장 따뜻한 풍경이라고,

그리고 지금,
그 겨울의 반 호프 거리는 멀리 있지만
눈을 감으면 다시 들려와
눈 위에 새겨진 세 발자국의 낭만,
하나의 사랑이,
두 개의 미소로
영원을 걸어가던 그 겨울의 노래.

취리히의 반 호프 거리에서

유리창에 비친 너의 눈빛은
스위스의 오후처럼 맑고 고요했지.
반 호프 거리,
그 반듯한 길 위로
우리 가족의 발걸음은 조용히 노래했다.

샤넬 매장 앞을 지나
루체른 호수에서 불어온 듯한 바람이
아내의 머리칼을 쓰다듬을 때
나는 말없이 침묵했다.

시계탑의 종소리가 울릴 때마다
우리의 시간도 정교하게 박동했고,
창밖의 전시장에 비친 두 그림자는
이 거리보다 더 반짝인다.

카페테라스에 앉아
에스프레소보다 더 진한 눈빛을 마시며
나는 아내의 입꼬리에 물든 햇살을 따라
영원의 한 페이지를 넘겼다.

반 호프 거리,
그 이름은 기차역을 뜻한다지만
우리 가족에게는 사랑이 처음 출발한
세상에서 가장 느린 역이었다.

겨울 호수에 뜬 우리 가족의 그림자

호수는 숨을 죽이고 있었다.
바람조차 머뭇대는 한겨울 오후,
취리히의 겨울 호수는
마치 시간을 얼려놓은 거울 같았다.

아들은 아직 어렸고,
그 눈동자엔 세상이 가득했다.
손에 남은 체온보다 먼저
아들의 발자국이 물가에 스며들었다.

백조들이 천천히 지나가는 그 평화 속에서
호숫가 나무 위,
가지마다 고요가 매달리고
우리 가족은 침묵 속에서
서로를 더욱 또렷하게 느꼈다.
말로는 다 담을 수 없는
가족이라는 이름의 온기,

그날,
우리는 아무 말도 남기지 않았지만
그 조용한 풍경이
아들의 기억 어딘가에서,
아내의 마음 깊은 곳에서,
그리고
나의 생 가장 아름다운 페이지에서
지금도 여전히 잔물결 치고 있다.

취리히 호수, 겨울의 숨결 아래

취리히 호수는
숨도 쉬지 않는 듯 고요했다.
유리처럼 맑은 물결 위로
회색빛 하늘이 조용히 내려앉고
백조 한 마리,
찬바람을 품고 미끄러졌다.

우리 가족은
겨울 호숫가를 걷고 있었다.
아들은 내 오른편에서,
소년의 호기심을 품은 눈으로 물결을
바라보았고,
아내는 왼편에서,
따뜻한 미소로 나를 감싸 주었다.

호수 위엔 구름이 떠 있고
물새들은 낯선 언어로 노래했다.
우리는 알아듣지 못했지만
그 노래는 분명
우리 가족의 이야기를 닮아 있었다.

아들의 눈에는 세상이 처음처럼 맑았고,
아내의 숨결엔 겨울 햇살이 녹아 있었다.

그리고 나는,
이 호수의 깊이보다 더 깊은 곳에서
말없이 그들을 사랑했다.

겨울의 취리히 호수는
언젠가 다시 돌아오라며
하얀 잔물결로 우리를 배웅했다.
영원한 것은 없지만,
그날의 풍경은 아직
내 안에 물결치고 있었다.

인터라켄 하더 쿨름, 세상의 지붕 아래에서

하늘이 내려와 우리를 품은 곳,
하더 쿨름은 눈 위에 피어난 신화였다.
그곳에서 우리 가족은 말없이 섰다.
알프스의 심장 소리를 들으며
서로의 마음을 바라보았다.

깎아지른 듯한 바위와 하얀 능선,
아이거와 융프라우가
먼 침묵으로 우리 가족을 감싸줄 때
아들은 조용히 내 곁에 서 있었고,
아내는 그 눈동자로 겨울을 녹이고 있었다.

내게 그 순간은
시간이 얼어붙은 한 장의 그림 같았다.
하늘과 땅이 맞닿은 그 경계에서
사람은 사랑으로만 숨을 쉬는 존재라는 걸
나는 처음으로,
바람 속에서 확신했다.

하더 쿨름의 전망대 난간에 기대어
우리 가족은
세상이라는 이 깊은 골짜기 위에
조용히,

사랑이라는 깃발을 꽂았다.

그리고 지금도 나는,
그때의 맑은 공기와
아들의 끝없는 질문,
아내의 미소가 머문 눈빛을
한 겨울밤 꿈결처럼 떠올린다.

하더 쿨름,
그것은 단지 산 위의 전망대가 아니라,
우리 가족의 사랑이
가장 조용하고 높게 빛나던
하나의 고요한 별이었다.

하더 쿨름, 눈의 발코니에서

그날 오후,
우리 가족은 마치 기도하듯
하더 쿨름을 올랐다.
산은 말이 없었고
하늘은 너무 가까워
숨을 쉬는 것도 조심스러웠다.

융프라우의 설빛 능선이
햇살에 부서지며 말을 걸었다.
그 너머 어디쯤,
영원이란 것이 어쩌면
이렇게 잠잠한 순간들에
숨어 있는 건 아닐까 생각했다.

발아래 펼쳐진 인터라켄의 지붕들,
저 멀리 둘러싼 겨울 산맥은
한 편의 느린 서정시였고
우리 가족은 그 시의 중심에서
눈송이처럼 가벼운 사람이었다.

하더 쿨름
그날 그곳은
단지 전망대가 아니었다.

그것은 우리가 서로를 바라본 높이였고,
침묵이 가장 따뜻했던
작은 하늘이었다.

돌아오는 길,
나는 조용히 생각했다.
이 눈부신 침묵이,
우리 가족의 평생을
천천히 감싸주기를.

융프라우요흐 하늘 아래 우리 가족

눈은 말이 없었고
산은 숨을 죽였으며
하늘은
우리 가족을 위에서 내려다보고 있었다.

그 찬란한 침묵 속에
우리 가족,
아무 말 없이 서로를 바라보았다.
숨결이 닿기도 전에
사랑은 이미,
그 눈부신 설원 위에 내려앉았다.

우리는 알았다.
세상의 정상은
단지 고도가 아니라
누구와 함께,
무엇을 바라보는가에 달려 있다는 걸.

우리 가족이 서 있던 그 자리는
시간도 멈추고,
세상도 물러나고,
오직 사랑만이 또렷이 살아 숨 쉬던
곳이었다.

그날,
융프라우요흐는
눈으로 덮인 산이 아니라
우리 가족을 위해
한 번쯤 열어주었던
하늘의 문턱이었다.

융프라우요흐의 품에서

하늘 가까이,
눈부신 설원이 펼쳐진 그곳
우린 함께였다.
시간도 숨을 멈춘 듯한 융프라우의 품에서

기차는 구름을 뚫고 오르고,
일행들은 창밖의 풍경에 눈을 반짝이고
우리 부부의 손엔 미소가
아들의 눈엔 추억이 피어났다.

하얗게 빛나던 산맥 위에서
우린 말없이 서로를 바라보았다.
눈을 던지고,
웃음을 던지고,
가슴 깊이 행복을 담았다.

손에 손을 잡고 찍은 한 장의 사진,
그 안엔 눈꽃보다 따뜻한 사랑이 있었다.
시간이 지나도,
계절이 바뀌어도
그 순간은 얼지 않는 추억으로 남으리,

융프라우,

그 이름만으로도 가슴이 차오른다.
우리 가족의 발자국이 남긴 자리에
또 다른 가족이 행복을 심기를 바라본다.

세상의 꼭대기에서 맛본 라면 국물

융프라우요흐,
그 높고 차가운 정상에서
우린 숨을 가다듬으며
세상의 꼭대기를 바라보았다.

아내는
눈처럼 하얀 얼굴에 숨결이 무거웠고
나는 말없이 당신의 등을 감쌌다.
그 옆에서
아들은 조용히 엄마의 손을 꼭 잡고 있었다.

그때,
젊은 연인들이 다가왔다.
배낭을 내려놓고,
익숙한 손놀림으로
뜨거운 국물을 끓였다.

"이거, 조금 드셔요."
그들은 말없이
덜 익은 컵라면을 우리 아들에게 건넸다.
하늘 아래,
가장 따뜻한 식탁이 차려졌다.

작은 손에 들린 종이컵,
새빛이는 한 입씩,
천천히, 조심스레
그 국물을 떠먹었고,
우리의 가슴은 조용히 울었다.

타인의 친절은 그렇게
우리의 여행길 한복판에 스며들었고
그 국물의 온도는
해발 4,158미터에서도
사랑처럼 따뜻했다.

잊을 수 없다.
그날의 국물,
그 젊은 미소들,
그리고 무엇보다도
한 그릇을 사이에 두고
더 가까워진 우리 세 사람.

융프라우요흐 유럽의 지붕 위에서

그날,
하늘은 우리 발아래 있었다.
구름이 걷히자
하얗게 빛나는 세계가
말없이 문을 열었다.

우리 가족은 말없이 서 있었다.
아들은 숨을 고르고 있었고,
아내는 미소를 담고 있었고
나는 단지 두 사람의 눈빛을
조용히 껴안았다.

융프라우의 설원은 너무도 깨끗해서
그 위에 발을 디딜 때마다
우리 마음도 함께
정결해지는 것 같았다.

융프라우 정상,
그곳은 지구의 끝이 아니라
우리 가족이 함께 오를 수 있었던
사랑의 가장 높은 자리였다.

융프라우요흐에서

고산병에 지친 당신 곁에
작은 손 꼭 잡은 새빛이,
그때,
젊은 연인들이 건넨
따끈한 컵라면 한 그릇.

하늘 가까운 곳에서
우린 처음 만난 온기를
국물처럼,
천천히, 오래
마음에 담았습니다.

카펠교, 시간이 녹아든 사랑

안개가 살며시 품은 호수 위로
고요한 나무다리가
천천히 숨을 쉬었다.

세월이 쌓아 올린 기둥마다
옛이야기가 달콤하게 흘러내리고
그 위를 걷는 우리 가족의 발걸음은
별빛에 젖은 파도처럼 부드러웠다.

아들의 눈동자엔
맑은 호수와 푸른 하늘이 한데 녹아
그 작은 심장에 조용히 춤추었고
아내의 손끝엔
한겨울 햇살보다 더 따스한 빛이 흘렀다.

그 다리 위에서
시간은 잠시 잊혀 졌고
세상은 우리 가족만의 시가 되었다.
바람이 전하는 속삭임마저
사랑의 가락으로 변해
내 마음 깊은 곳에 내려앉았다.

카펠교,

그곳은 단지 나무와 물의 만남이 아니라
우리 가족의 마음이
조용히 이어지는 다리였다.

그날 아침,
안개 속에서 피어난 우리 가족의 사랑은
영원처럼 부드럽게 빛났고
나는 그 빛을 따라
영원히 우리 가족과 함께 걷고 싶었다.

베른 대성당, 마음의 성소에서

거대한 첨탑이
하늘 끝을 찌르듯 서 있고,
찬바람은 고요한 돌벽 사이로
속삭이듯 스며들었다.

우리 가족은 대성당 문턱을 넘어
천년의 숨결이 깃든 공간에
작은 발걸음을 새기며 들어갔다.

아들의 눈빛은
수천 개의 스테인드글라스에 담긴
빛의 파편을 담았고,
아내의 손끝은
차가운 석조 위에 따스함을 불어넣었다.

나는 그 순간,
시간이 멈추고
사랑이 영원으로 펼쳐지는
성스러운 고요 속에
우리 가족과 함께 있음을 알았다.

바람에 흔들리는 촛불처럼
우리 마음도 살며시 흔들리며

서로를 향한 무한한 사랑을
말없이 노래했다.

베른 대성당,
그 웅장한 돌기둥 사이에서
우리 가족은
작은 별 하나처럼
영원히 빛나고 있었다.

제11부

이탈리아 여행,
고대의 숨결

로마 연작시
프롤로그, 길 위에 피어난 우리의 이야기

여행은 늘 발걸음부터 시작되지만
진짜 여정은
손을 잡고 나누는 말 한마디,
서로의 눈빛 속에서 피어난다.

낯선 도시의 아침을 맞이하며
우리는 알았다.
가장 먼 곳도
가장 가까운 마음으로 닿는다는 걸

새벽빛 아래
우리 가족은
그 길 위에
사랑이, 기억이,
조용히 피어난다.

돌길에 새겨진 수많은 발자국처럼
우리의 발걸음도 쌓여가고
시간이 쌓인 도시의 숨결 속에서
우리는 서로의 이야기를 듣는다.

언어가 달라도
마음이 닿으면

모든 풍경은
가장 아름다운 시가 되고

서로의 손을 잡는 순간
우리는 이미
가장 먼 곳에 닿아 있었다.

고요한 기도, 베드로 성당에서 기도

햇살은 성전 위로 금빛을 그리며
시간마저 잠시 멈추게 했네.
가족의 발걸음, 돌바닥에 새겨지고
웃음소리, 천장 높은 돔을 울렸지.

베드로의 품에 안긴 우리
고요한 기도 속에도
장난기 어린 속삭임은 흩어지지 않고
사랑으로 더 깊어졌네.

아내는 촛불 하나를 밝히며,
가족의 평안을 기도하고,
나는 그 눈빛으로
천년의 돌벽에 새겨진 믿음을 헤아렸지.

성당 밖으로 나서는 길
햇살은 우리 얼굴에 내려앉고
사진 속 한 장면처럼
그 순간은 영원으로 남았네.

이탈리아 하늘 아래
우리가 하나였던 날
베드로의 심장 아래
가족이라는 기적을 다시 느꼈지.

우리 가족이 함께했던 성 베드로 대성당

세월의 무게를 품은 돌기둥 아래
우리는 하나의 그림자가 되었네.
거룩한 침묵이 흐르는 그 길 위에서
아버지의 걸음과 아들의 걸음이 포개졌지.

성당 돔 아래로 쏟아지는 빛은
우리 마음속 오래된 기도를 밝혔고
조용한 미소 속 어머니의 눈빛은
이루 말 못한 사랑으로 울고 있었네.

우리가 살아낸 시간들,
그 다툼과 그 눈물조차
이 신성한 공간 앞에서,
모두 용서가 되고, 모두 감사가 되었네.

한 송이 촛불을 함께 밝히며
우리는 서로를 위해 기도했고
작은 손을 꼭 쥔 아이의 숨결에서
미래의 희망이 은은히 피어났지.

성 베드로여!
이 순간을 기억하소서.
우리가 서로를 깊이 바라보았던 그날
한 지붕 아래 다시는 잊히지 않을,
가족이라는 기적의 이름으로.

하늘이 처음 열린 날,
성스러운 숨결 속, 우리 가족

고개를 들어 올리는 그 찰나,
우리는 시간의 무게에 잠시 눌렸네.
천장 너머, 천지창조의 숨결이
하늘처럼 우리 위로 내려왔지.

아담을 향한 하나님의 손끝
그 한 줌의 거리 속에
우리는 질문을 품었네.
"사람은 어떻게 시작되는가?"

강옥선, 당신과 마주한 그 순간
나는 깨달았지.
신이 세상을 창조한 것처럼
우리도 서로를 창조해 왔다는 걸

세월 속에서,
웃음과 눈물로 다듬어진 하루하루가
하나의 생명이 되어
김새빛이라는 이름으로 다시 태어난 것을,

새빛의 눈이 천장을 올려다볼 때,
그 작은 영혼 안에도
어쩌면 신의 숨결이 있었으리라.

무한한 가능성으로 반짝이는 그 눈동자 속에

미켈란젤로의 붓끝이
돌 위에 영혼을 새겼듯
우리의 사랑 또한,
이 순간, 이 시공간 위에 남겨지리.

사라지는 것이 아니라,
기억되고, 빛나는 것
천지창조가 그랬듯
우리의 가족도 하나의 기적임을.

트레비 분수 앞에서

찬바람 속에서도
트레비 분수는 흐르고 있었다.
천사의 날갯짓처럼
물줄기가 하늘을 향해 솟구치고,
고대의 꿈들이
은빛 안개 속에서 춤췄다.

우리 세 식구,
낯선 도시에서 마주 선 시간
아들의 눈빛에 반짝이는 호기심이
물결 위로 번졌다.
아내의 미소는
조용히 빛났다.

나는 두 손 모아
소원을 빌었다.
이 시간이 영원히 흐르기를
이 물결처럼 끊임없이
사랑도 기억도
우리 셋의 웃음도, 흘러가되
닿을 곳 없는
깊은 샘으로 스며들기를

뒤돌아 한 걸음
손끝에서 떨어진 동전 하나
맑게 울리는 물소리
그 울림에 로마가 대답했다.
"다시 오리라."
그 약속이 물결로 흔들렸다.

트레비의 속삭임

겨울빛 스민 로마의 골목을 지나
우리는 트레비 분수 앞에 섰다.
돌로 깎인 신들의 숨결 아래
물은 하늘을 우러르며
투명한 기도를 올리고 있었다.

아들의 눈엔
첫눈처럼 맑은 놀라움이 고였고,
아내의 입가엔
은빛 미소 한 줄기,
이방의 바람처럼 조용히 피어났다.

나는 말없이
조약돌 같은 기억을 쥐고
마음속 깊은 우물에
소원을 담았다.
이 순간이
영원처럼 흐르기를,
사랑도, 웃음도,
이 물결처럼 부서지지 않고,

손끝에서 떨어진
직은 동전 하나

물속에서 별처럼 반짝이며
로마의 오래된 심장에 닿는다.
"다시 오라."는 속삭임
물결 속에서
천천히 돌아왔다.

그리고 우리 가족은
서로의 눈을 말없이 바라보았다.
그곳엔 말 없는 약속이 있었고
눈물보다 더 따뜻한
겨울의 햇살이 깃들어 있었다.

콜로세움의 노을 아래서

햇살이 너울지던 로마의 저녁
콜로세움은 붉게 물들고 있다.
그 거대한 원형의 시간 속을
우리는 조용히 걸었다.

아들은 내 손을 잡고
"여기서도 별이 떴을까?"
속삭였다.
그 말 한마디에
천년의 역사가
따뜻하게 녹아내리는 듯했다.

아내는 벽에 기대어
무너진 아치 넘어 하늘을 보았고,
나는 그 눈빛에서
젊은 날 우리가 꿈꾸던
첫 여행의 기억을 보았다.

바람은 그날의 검투사처럼
굳세게도 지나갔지만,
우리 가족은
작고 단단한 사랑으로
서로의 시간을 껴안았다.

돌무더기 하나하나에 깃든
무수한 이야기들 사이로
아내의 미소, 아들의 눈망울,
그리고 나의 고요한 숨결이
살며시 스며들었다.

콜로세움의 노을 아래
우리는 그저
서로를 바라보았다.
그 무엇도 말하지 않고
그 무엇도 잊지 않으며.

시간을 걷다, 콜로세움

저 거대한 돌의 원은
수천 해의 바람을 견뎌냈다는데
우리는 그 앞에서
잠시 숨을 멈췄다.

아들은 조심스레 손으로 벽을 쓰다듬었다.
피의 함성, 영광의 환호
그리고 이름 없는 이들의 고요한 죽음
그 모든 것이
이 벽에, 이 바닥에
아직도 스며 있는 듯했기에,

아내는 아들의 어깨를 감싸안고
말없이 하늘을 바라봤다.
구름 사이로 쏟아진 빛줄기
그 찬란함 속에서
우리는 비로소
오늘의 평화를 느꼈다.

콜로세움의 빈 좌석 위
바람은 여전히 속삭였고
나는 조용히 손을 잡았다.
그대와 나, 그리고 아들과
이 시간을, 이 감정을
영원처럼 마음에 새기며.

콜로세움의 영원한 성벽에서 함께한 사랑의 기억

바람은 긴 성벽을 따라,
천천히 우리 마음을 쓰다듬고,
발아래 구름은
우리를 하늘 위 가족처럼 띄워주었다.

돌 한 장, 벽돌 하나
역사의 숨결을 안고
우리는 서로의 손을 꼭 잡은 채,
과거와 미래 사이를 걸었다.

나의 웃음은 봉우리처럼 깊었고,
아내의 눈빛은 태양처럼 따사로웠다.
새빛이의 발걸음은 구름처럼 가벼워
천하의 장대함도 우리에게 미소 지었다.

우리가 오른 건
단지 성벽이 아니라,
함께 한 사랑의 기억,
포개진 시간의 눈부신 풍경이었다.

사진보다 선명한,
그날의 하늘빛, 그날의 말들,
기쁨이 성처럼 견고히 남아
우리 마음에 길게 이어지리라.

스페인 계단, 꽃잎처럼 머물다

아침 햇살이 부드럽게
스페인 계단을 덮고 있다.
붉고 노란 꽃잎 사이로
아들이 뛰어오르며 웃었고,
아내는 아들을 따라
가볍게 두 손을 펼쳤다.

나는 한걸음 뒤에서
그 장면을 바라보았다.
마치 오래된 영화의 한 장면처럼
모든 것이 찬란했고,
모든 것이 조용했다.

젊은 연인들이 앉아
입맞춤을 나누는 옆에서
우리는 오래된 사랑의 향기를
더 깊이 느꼈다.

계단 끝에 앉아
아내의 머리카락을
햇살이 천천히 쓸어내릴 때
나는 문득
처음 아내를 만났던 날을 떠올렸다.

시간은 흐르지만
이 계단 위에 남은 건
가벼운 발자국이 아니라
우리 가족의 따뜻한 추억이었다.

스페인 계단에서의 오후

햇살이 마치 물감처럼
계단 위를 물들이던 오후,
우리는 로마의 숨결 위에 앉았다.
스페인 광장의 바람이
살며시 우리의 어깨를 쓰다듬고
세기의 시간들이
그 돌 틈 사이로 흐르고 있었다.

아들은 아이스크림을 입에 물고
장난스레 웃었고
아내는 미소 속에
로마의 노래를 담았다.
나는 말없이
두 사람을 바라보며
이 계단이 아니었다면
만날 수 없었을 마음들을 느꼈다.

수많은 연인이 지나간 길,
수백의 발자국이 남긴 사랑의 흔적,
그 위에
우리 가족의 순간도
살포시 내려앉았다.
겨울인데도 따뜻했던

그 햇살처럼

지금도 기억한다.
그날,
아들과 함께 본 저녁 하늘
아내의 옆모습 위로
노을이 붉게 번지던 순간,
그 무엇보다도 낭만이었던
로마의 한 조각.

판테온, 하늘이 열린 신전

하늘을 향해
둥그런 눈을 뜬 신선이 있었다.
시간조차 숨을 죽인 채
그 문지방을 넘는 순간
우리는 천천히
영원의 맥박 속으로 걸어 들어갔다.

돔 천장의 정수리에서
빛 한 줄기 내려와
마치 신의 손끝처럼
먼지마저 황홀하게 비췄다.
그 빛 속에서
아내는 말없이 눈을 감았고,
아들은 조용히 숨을 골랐다.
나는 두 사람의 옆모습을 바라보며
이 순간을
기도처럼 품었다.

기둥마다 스며 있는
수천 년 숨결이
우리의 숨에 섞여 들고
아무 말도 하지 않아도
우리는 하나의 고요가 되었다.

돌벽 너머로
시간이 천천히 물러나고
우리는
빛과 돌,
사랑과 침묵으로
묵묵히 이어진
한 편의 시가 되었다.

돌아 나오는 길,
로마의 공기는 조금 더 따뜻했고
우리는
아무도 몰랐던 언어로
서로를 다시 바라보았다.
그 눈빛 안에,
영원의 조각이
살며시 내려앉아 있었다.

빛의 성전, 판테온

우리는 말없이 걸었다.
세월의 숨결이 아로새겨진
커다란 돌기둥 사이로
시간보다 오래된 침묵이
햇살처럼 흐르고 있었다.

천장,
그 둥근 하늘의 눈동자에서
한 줄기 빛이
성소처럼 우리를 감쌌다.
그 빛은 말이 없었다.
하지만 모든 사랑을
다 알고 있는 듯
우리 셋의 그림자를 부드럽게 감쌌다.

아내는 조용히 고개를 들었고,
아들은 숨을 멈춘 채
돔의 높이를 눈에 담았다.
나는, 그 둘의 사이에서
아주 작고 순한 바람처럼
멈춰 서 있었다.

수천 해의 숨결이

기둥마다 깃들어
그림자도 빛처럼 느린 판테온
그 안에서 우리는
시간이 아닌 마음으로
서로를 바라보았다.

돌아 나오는 발끝에도
그 빛은 남아
우리의 발자국마저
하나의 기도처럼 들렸다.
그날, 우리는 알지 못했지만
우리 가족은, 잠시
영원 속에 머물렀다고 느꼈다.

나보나 광장의 오후

바람은 부드러웠다.
시간도, 물처럼 흐르고 있었다.
나보나 광장,
그 이름마저도
하루의 속삭임 같았다.
분수의 물줄기는
하늘을 향해 춤을 췄고
천사 같은 조각들 틈에서
아이들은 웃고,
화가들은 종이 위에
로마의 꿈을 그려내고 있었다.

아들은 광장 끝,
아이스크림 가게 앞에서
무언가를 골똘히 바라보다가
돌연 나를 향해 웃었다.
그 미소 속에서
나는 햇살보다 따뜻한
어린 사랑을 보았다.

아내는 조용히 앉아
광장의 바람을 들이마시고 있었다.
그 숨결은 멀리서 온 여행자 같았고

그 눈빛은 오랜 집처럼
익숙하고, 평화로웠다.

나는 그 둘 사이에 앉아
이 도시가 주는
작은 영원을 느꼈다.
사람들, 비둘기,
돌바닥에 부딪히는 말소리마저도
낭만이었다.
모든 것이,

그리고 그 순간
나는 알았다.
세상에서 가장 고요한 음악은
사랑하는 사람들과 함께
광장을 건너는 오후의 발걸음이라는 것을.

밀라노, 두오모 아래서 그대를 보다

붉은 돔이 하늘을 받치고 있다.
두오모 앞에서 우리는 잠시 멈췄다.
세상의 모든 선과 곡선이
아내의 미소처럼 부드럽게 이어졌다.

르네상스가 깨어났던 이 도시에서
나는 또 한 번
아내와 아들을 사랑하게 되었다.
시간은 흐르지만
기적은 여전히
지붕 위에서 숨 쉬고 있었다.

두오모 광장에서 Ⅰ

하얀 첨탑 위로
겨울 햇살이 흐르고

아들의 눈동자엔
하늘이 담기고
아내의 미소엔
종소리처럼 고요한 사랑이 머문다.

나는 그 둘 사이,
말없이 서 있다.
이 순간,
모든 기도가 완성된 듯이.

두오모 광장에서 II

하얀 대리석의 숲
하늘을 향해 피어난
침묵의 꽃잎들
밀라노 두오모는
기도처럼 우리 앞에 서 있었다.
우리는 말없이 광장에 멈췄다.
그곳엔 시간도
발소리도
하얀 햇살 속으로 잠겨 있었다.

아들은 고개를 들고
저 높은 첨탑을 세어 보았다.
눈동자에 비친 두오모는
아직 다 열리지 않은
삶의 문 같았고,
나는 그 문을 바라보다
문득 내 어릴 적 꿈을 떠올렸다.

아내는 광장 한쪽에 앉아
비둘기 떼를 바라보았다.
바람은 아내의 머릿결을 스치고
멀리서 연주하던 바이올린 선율이
부서지듯 날아왔다.

그 순간,
나는 이 모든 것의 이름이
'사랑'임을 알았다.
성당보다 더 높이 솟은 마음,
비둘기보다 더 가볍게 떠오르는 숨결,
아들과 아내,
그들 사이의 고요한 빛 하나로
나는 완성되고 있었다.

두오모 앞 광장에서
우리는 아무 말 없이 오래도록 서 있었다.
그 침묵이
그 어떤 말보다 따뜻했고
광장은
우리 가족을 위한 작은 성당이 되어
하늘 아래 펼쳐져 있었다.

밀라노, 라 스칼라의 밤

라 스칼라 오페라하우스
그 웅장한 무대에
우리는 숨을 죽이고 앉았다.

첫 음이 시작되었을 때
아들은 조용히 손을 잡아주었고
아내는 내 어깨에 기대며
눈을 감았다.

고요 속의 선율,
말보다 더 깊은 진심이
우리 가족 사이를 흐르며
하나의 음악이 되었다.

밀라노의 밤,
모든 불빛이 꺼진다 해도
이 순간은
내 마음속에서 영원히 연주될 것이다.

라 스칼라에서

빛은 어둠 위를 천천히 걷고
현악은 마음 가장 깊은 곳을 건드린다.

아들은 숨을 죽였고,
아내는 눈을 감았다.
나는 그 둘 사이에서
소리 없이 눈물처럼 울리는 선율이 되었다.

아말피의 오후

푸른 절벽 끝에서
바다는 말없이 숨 쉬고 있었다.

아들의 웃음은
물결처럼 햇살을 타고 번졌고
아내의 손길엔
바람보다 부드러운 사랑이 실려 있었다.

나는 그 두 사람 곁에서
하루를 천천히,
영원처럼 바라보았다.

우피치 미술관에서

빛은 그림 속에서
천천히 흘러나왔다.

아들은 보티첼리 앞에서
숨을 멈추고,
아내는 라파엘로의 눈빛에
조용히 고개를 기울였다.

나는 그 둘을 바라보다
문득, 깨달았다.
가장 아름다운 작품은
지금 내 곁에 서 있다고,

피렌체 우피치 미술관,
보티첼리의 비너스 탄생 앞에서

그녀는 바다에서 피어났다.
거품보다 가벼운 몸짓으로
세상의 첫 아침처럼
조용히
빛 속에 서 있었다.

우리는 말을 잃었다.
아들은 두 손을 모은 채
비너스의 눈동자를 오래 바라보았고,
아내는 숨을 죽인 채
그 부드러운 선(線)위에
시선을 얹었다.

그 순간,
나는 알았다.
아름다운 목소리 없이
시간을 멈추게 하고
사랑은
그 멈춘 시간 속에서
더 깊이 피어난다는 것을,

살갗 위로 흐르던
희미한 빛마저도

그림의 일부 같아
나는 눈을 떼지 못했다.

비너스는 그대로였지만
그 앞에 선 우리 가족은
조금 더 고요해졌고,
조금 더
서로를 사랑하게 되었다.

피렌체, 조토의 종탑에서 I

하늘 가까이,
계단을 하나하나 밟으며
우리는 종탑의 심장 속으로 올랐다.
돌벽은 숨을 고르고 있었고
바람은 천천히,
역사의 숨결을 안고
귀에 스며들었다.

끝내 도착한 꼭대기,
그곳엔 붉은 지붕들이 넓은 바다처럼 펼쳐져 있었다.
두오모의 돔은 마치
세월의 심장을 품은 듯
묵묵히 도시를 안고 있었고,
멀리 아르노강은
햇살 아래 실핏줄처럼 반짝였다.

아들은 놀란 눈으로
세상의 지붕을 바라보았고
아내는 바람 속에서
조용히 머리카락을 넘겼다.
그 순간, 나는 알았다.
이 높이에서 마주한 건
풍경이 아니라

우리 셋이 만든 작은 우주라는 것을,

종소리도 들리지 않았지만
내 마음엔 맑은 울림이 번졌다.
사랑이란,
이렇게 바람 부는 오후,
말없이 손을 잡아주는 일이란 걸,

돌아서는 계단은
조금 더 가벼웠다.
우리는 더 이상
올라야 할 높이가 아니라
함께 내려올 시간이 있다는 것을
깨달은 사람들이었으므로.

피렌체, 조토의 종탑에서 II

피렌체의 지붕 위로
시간이 붉게 물들고 있었다.

아들은 바람을 좇고
아내는 두오모를 바라보며 웃었다.

나는 그 순간,
세상에서 가장 높은 사랑이
바로 곁에 있다는 걸,
처음으로 느꼈다.

곤돌라를 바라보며

물 위에 떠 있는 작은 배 하나
곤돌라는 고요히
시간을 실어 나르고 있었다.

아들의 눈동자에 반짝임이 스며들고
아내의 숨결은
잔잔한 물결처럼
내 마음을 흔들었다.

나는 그 두 사람 곁에서
말없이
흐르는 물과 함께
사랑도 조용히 흘러가길 바랐다.

사랑의 물결 위에, 베네치아 곤돌라

어둑한 물 위를 미끄러지듯
곤돌라는 조용히 나가고
검은 배 끝에 선 사공이
저녁을 깨우는 노래를 부릅니다.

그 목소리에
베네치아의 모든 창문이 열리고
운하 위 별빛도 살며시 고개를 숙입니다.
아내는 내 옆에서
아들의 손을 감싸 쥐고
작은 숨결처럼 웃었다.

세레나데가 흐르던 그 순간
우리 가족의 마음은
하나의 물결이 되어
시간조차 멈춘 듯했다.

아들의 눈빛은 반짝였고
아내의 눈동자엔
젊은 날 첫사랑이 다시 피어났다.
나는 아무 말도 할 수 없었다.
그저 이 순간이
끝나지 않기를 바랐다.

사랑하는 이여
그리고 나의 아들아
그날의 노래는 이제
내 가슴에 영원히 울린다.

이 세상 가장 아름다운 곡조로
우리의 사랑을 실어
곤돌라는 천천히
베네치아의 기억 속으로
사라졌다.

베네치아, 물의 기억

물 위에 지어진 도시,
베네치아는 천천히
우리의 발걸음을 받아 주었다.

산 마르코 광장엔
갈매기와 비둘기가 섞여 날았고
오래된 첨탑은
겨울 하늘을 조용히 지켜보고 있었다.

아들은 물결 따라 흔들리는 곤돌라를 보며
눈망울이 반짝였고
아내는 운하 곁 돌다리에 앉아
마치 오래된 영화를 보는 듯,
조용히 미소 지었다.

나는 두 사람 곁에서
말없이 물을 바라보았다.
그 물은 단순한 길이 아니라
세월이 흐르고,
사랑이 머무는
기억의 거울 같았다.

곤돌라가 지나갈 때마다

도시는 속삭였다.
"느려도 좋다.
사랑은 늘 물 위를 건넌다."

저녁 무렵,
하늘이 분홍빛으로 물들 때
운하 위로 어렴풋이 등불이 번졌고
우리는 그 불빛 따라
서로의 손을 조금 더 꼭 잡았다.

베네치아의 물은
단 한 번도 같은 모양으로
흐르지 않았지만
그날의 우리는,
한 방울의 흔들림도 없이
오롯이
사랑 속에 머물렀다.

베네치아, 리알토 다리의 노을

붉게 물든 하늘 아래
리알토 다리는 조용히 숨을 쉬고 있었다.

아들의 작은 손을 잡고
우리는 천천히 걸었다.
노을빛이 물 위에 내려앉아
곤돌라의 그림자를 길게 드리웠다.

아내는 먼 수평선을 바라보며
속삭이듯 웃었다.
그 미소에 베네치아의 바람이
살며시 스며들었고,

나는 그 둘의 사이에서
이 순간이
시간보다 더 깊고
사랑보다 더 부드럽다는 것을 느꼈다.

하늘은 점점 어두워졌지만
우리 마음엔
끝없는 빛이 환히 켜졌다.

베네치아 산마르코 성당 앞에서 Ⅰ

황금빛 모자이크가
햇살을 머금은 채
천년의 이야기를 속삭였다.

우리는 그 앞에 서서
시간이 멈춘 듯한 고요 속에
서로의 손을 꼭 잡았다.

아들의 눈망울에
성당의 빛이 번져
작은 별처럼 반짝였고
아내의 숨결은
찬란한 성가처럼 울려 퍼졌다.

나는 그 순간,
신성한 빛과 사랑이
우리 사이에 조용히 내려앉았음을 알았다.

산 마르코의 종소리가
멀리서 부드럽게 울려올 때
우리 가족은
그 무엇보다 깊은 평화 속에
잠시 머물렀다.

베네치아 산마르코 성당 앞에서 ||

빛은 고요히 내려앉아
황금 모사이크에 속삭임을 남기고,
천 년의 바람이
성당의 돌담을 어루만진다.

우리는 그 앞에 멈춰
숨결을 나누었다.
아들의 눈동자에 깃든 빛은
조용한 별 하나,
아내의 미소는
찬란한 성가처럼
내 마음 깊숙이 퍼져갔다.

시간도 말없이 멈춘 그 자리에서
나는 알았다.
가장 신성한 기도는
서로의 손끝에서
서로의 마음으로
조용히 전해지는 것임을,

산 마르코 종소리가 멀리 울릴 때
우리 가족은

바람과 빛 사이에서
영원을 잠시 품었다.

로마 연작시
에필로그, 끝나지 않는 길

돌아보면
그 모든 길들이
우리를 다시 데려온다.

바람이 속삭이고
물결이 부딪히며
빛이 스며들던 그 순간들

우리는 함께였기에
영원을 걸었고
사랑은 언제나
다시 시작되는 길임을 알았다.

아들의 웃음,
아내의 손길,
그리고 나의 마음이
여기, 이 끝나지 않는 길 위에
조용히 머무른다.

사랑은
한 번의 여행이 아니라
끝없이 펼쳐진 여정이며

우리는 그 길 위에서
서로를 만나고
서로를 기억하며
함께 걸어간다.

언젠가 다시 이 길로 돌아올 때,
우리의 발걸음은
더 깊고 단단해져 있을 것이다.

길은 이어지고, 사랑은 계속된다.
그 끝없는 길 위에서
우리 가족의 노래가
영원히 울려 퍼지기를

제12부

캄보디아 여행,
아들과 함께

2012. 1. 11~1. 18

물에 비친 시간, 앙코르와트에서 I

손을 잡고
천 년의 길을 걸었다.

작은 네 발자국 옆에
내 그림자가 길게 늘어질 때,
햇살은 사원의 부조를 쓰다듬고
아들과 나는 걸었다.

내게는 모든 순간이 신화였다.
네 눈동자에 비친
앙코르의 새벽

물기둥 사이로 비추는 빛,
그 빛 아래,
너의 이름처럼
세상이 환해졌다.

다음 세대에게 물려줄 이야기
그건, 네가 다녀간 발자국에서 시작돼
너와 나,
손을 잡고 걸은 이 사원의 기억에서

아들아!

나는 오늘 너와 함께
시간을 넘어 걷는 법을 배웠다.

물에 비친 시간, 앙코르와트에서 II

해 뜨기 전,
물안개 자욱한 연못가에 섰을 때,
아들은 조용히 내 손을 잡았다.

그리고,
마침내

검은 하늘 끝에서
해가 천천히 오를 때
앙코르와트는
하늘도, 땅도 아닌
물 위에 피어났다.

거꾸로 선 탑들,
흔들림 없는 그림자

"아빠. 이건 마법 같아."
아들의 목소리는
바람보다 가볍고
빛보다 먼저 내 마음에 닿았다.

나는 그 순간을 담으려
카메라를 들었지만

렌즈 너머보다
너의 눈 속이 더 선명했지

한때 제국이 서고
신들이 거닐던 그곳이
이제는
아들과 나의 추억이 되어
물 위에 반짝인다.

아들아!
그 아침 너와 함께 본 거꾸로 선 탑은
세상의 중심이 아니라.

시간의 깊이, 아들의 발자국, 천년의 돌 위에

너와 걷는 돌길은
그저 길이 아니었다.

수백 년 전, 누군가의 맨발이
기도처럼 닿았던 자리
그 위에
네 발자국이
또렷하게 찍힌다.

나는 그 작은 발자국이
천 년의 돌을
조금 부드럽게 만든다고 믿는다.

수천 년의 세월을 고스란히 안고 있는 돌들,
태어남도, 죽음도 반복한 돌.
전쟁을 보고, 침묵을 배운 벽
바람을 따라 깎이고도
남아 있는 이 사원처럼
우리도 언젠가는,
사라지고 남을 것들만 남겠지.

하지만 그 순간,
아들의 손이 내 손을 꼭 잡는다.

시간은,
돌처럼 단단한 것이 아니라
이렇게 따뜻하고 부드러운 손으로
전해지는 것임을
나는 비로소 안다.

아들아!
너와 함께 걷는 이 길은
나에겐 과거가 아니라
너로 인해 이 오래된 시간은
지금이 되고,
너로 인해 내 시간은
더 깊어졌단다.

새벽의 기적, 앙코르와트

새벽안개를 헤치고
첫 빛이 사원의 첨탑에 스며들 때,
천년의 잠에서 깨어난 돌들이
숨결처럼 살아 움직인다.

연못 위에 비친 탑의 그림자,
마치 하늘과 땅이 맞닿은 듯
끝없이 이어진 영원의 길,
그 길 위에 나와 아들은 천천히 걷는다.

세월의 무게에도 꺾이지 않은 돌,
묵묵히 서서 바람을 맞는 탑,
그리고
그 위에 앉은 한 줄기 햇살이
내 마음에 잔잔한 파문을 일으킨다.

앙코르와트,
이곳에서 우리는 처음으로
시간이 멈춘 듯한 평화를,
그리고 영원의 숨결을 만난다.

영원의 아침, 앙코르와트

안개가 사원을 감싸안고
첫 햇살이 천천히 내려앉을 때,
연못 위에 비친 탑의 그림자는
하늘과 땅을 잇는 다리가 된다.

바람결에 스치는 잎새 소리,
돌마다 스며든 옛 기도의 숨결,
세월의 손길에 깎여도 꺼지지 않는
찬란한 영혼의 빛.

나와 아들은 조용히 발끝으로 걸으며
그 오래된 숨결을 품는다.
돌담에 기대어 눈을 감으면
내 안에도 천년의 시간이 흐른다.

앙코르와트,
그 고요한 품속에서
나와 아들은 처음으로 영원을 본다.
그리고
마음이 잔잔히 빛난다.

하나의 숨결, 앙코르와트

바람은 돌 위에 내려앉고,
돌은 뿌리 깊은 나무를 품는다.
연못 위에 비친 탑의 그림자는
하늘과 땅을 하나로 잇는다.

인간의 손으로 쌓아 올린 탑,
자연의 손길로 덮여가는 세월,
그 두 숨결이 포개어질 때
우리는 비로소 알았다.
이곳은 사원인 동시에 숲이며,
역사인 동시에 살아있는 생명임을.

돌담 위를 흐르는 빛,
뿌리와 가지를 스치는 바람,
그리고
그 안에 깃든
인간의 기도와 꿈.

앙코르와트,
너는 자연과 인간이 함께 빚어낸
하나의 거대한 심장,
그 고요한 박동이
오늘 나와 내 아들의 안에도 쉼 없이 흐른다.

타프롬, 시간을 품은 숲의 노래

옛 돌담 사이로
비밀처럼 스며든 숲의 숨결,
수백 년 그 자리를 지켜온
타프롬, 고요한 시간의 무게.

무너진 탑,
나무뿌리의 품에 안겨
자연과 역사가 서로를 감싸안네.
세월의 손길에도 꺾이지 않은 신념,
그곳에선 침묵조차 노래가 된다.

바람이 전하는 이야기 속에서
마음은 묵묵히 깊어지고,
눈 부신 햇살 아래
영원의 약속이 빛난다.

타프롬,
그 신비로운 공간에서
아들과 나는
자연과 인간,
그리고 신의 숨결을
한 몸으로 느낀다.

타프롬, 나무와 돌의 속삭임

고요한 숲길 따라
숨결 가만히 스머드는 곳,
돌담 위로 내려앉은 시간은
잊혀진 노래를 부른다.

뿌리 깊은 나무들이
천천히 품은 돌들을 어루만지며,
바람결에 흩날리는 잎사귀 사이로
옛 신들의 숨결이 흐른다.

부서진 탑과 나무뿌리의 춤,
자연과 역사가 맞닿은 그 자리에서
내 마음도 천천히 열리고
깊은 평화에 젖는다.

빛과 그림자가 어우러진 그곳,
마치 오래된 시처럼
소리 없이 마음에 스머드는
타프롬의 서정,
그 안에 나도 잠긴다.

바이욘, 미소에 잠긴 시간

고요한 돌담에
수백의 얼굴들이 속삭이네.
바람에 실려 오는 옛이야기처럼
부드러운 미소가 흐른다.

시간은 그 미소 속에 숨겨져
천년을 거닐고,
빛과 그림자가 어우러져
마음 한쪽에 잔잔히 번진다.

복잡한 조각 틈새로
바람이 스며들고,
사라진 시대의 노래가
조용히 내 안에 스며든다.

바이욘,
그 미소의 품에서
나도 몰래 마음을 놓고
잔잔한 평화와
깊은 감동에 젖어든다.

바이욘, 사랑을 담은 미소

저녁 햇살이 부드럽게 내려앉고,
돌담마다 수백 개의 미소가 피어나네.
그 미소 속에 숨겨진 사랑의 속삭임,
천년의 바람결에 실려 온 노래 같아.

나무 사이로 스며드는 빛은
고요한 시처럼 마음을 적시고,
바람이 불어와 조용히 귓가에
옛 연인의 숨결을 전해준다.

이곳,
바이욘의 얼굴들은
사랑과 평화를 노래하며,
내 마음은 그 미소에 머물러
영원을 꿈꾸는 연인처럼 빛난다.

돌과 나무,
바람과 햇살이 어우러진
낭만의 성소에서
나는 사랑의 시간을 걸으며
미소에 잠긴 영혼과 마주한다.

프놈펜 왕궁, 기억의 빛

햇살이 조용히 내려앉는 곳,
황금빛 궁전은
마치 오래된 꿈처럼
내 마음에 스며든다.

바람 한 줄기 스쳐 가는 정원,
꽃잎 하나가 떨어져도
그 안에 수많은 이야기가
살며시 숨을 쉰다.

돌담마다 새겨진 시간의 흔적,
그 속에 담긴 웃음과 눈물,
희망과 아픔이 뒤섞여
내 마음을 조용히 두드린다.

프놈펜 왕궁,
그 빛나는 품에서
나는 과거와 오늘 사이를 걷고.
잊지 못할 기억의 조각들이
가슴 깊이 피어난다.

프놈펜 왕궁, 시간에 머무르다

햇살은 황금빛으로 살며시 내려앉고,
고요한 궁전은
숨결처럼 다가와
내 마음에 잔잔히 스며든다.

바람이 어루만지는 정원 끝에서,
꽃잎 하나 떨어지는 소리에
옛이야기들이 조용히 깨어나
시간의 강을 흐른다.

돌담 사이에 남은 기억들은
달빛 아래 수줍게 속삭이고,
그 속에 담긴 사랑과 기다림이
내 마음에 깊은 물결을 일으킨다.

프놈펜 왕궁,
그 품 안에서
나는 잠시 멈춰 서서
과거와 현재가 어우러진
아름다운 꿈을 마주한다.

뚜얼슬렝, 잔잔한 기억의 강

어둠이 깊게 깔린 벽 사이로
숨죽인 시간들이 흐른다.
그리움과 슬픔이 한 줄기 빛 되어
조용히 마음을 적신다.

낡은 창문 틈으로 스며드는 바람,
잊히지 않는 눈동자들이
눈부신 햇살 속에 잠시 머물러
내 가슴에 속삭인다.

고통의 무게를 안고도
끝내 희망을 놓지 않았던
그들의 이야기,
서늘한 공간에 따스하게 살아 숨 쉰다.

뚜얼슬렝,
그 깊은 침묵 속에서
아들과 나는 마음의 문을 열고
과거와 현재를 이어주는
잔잔한 강물을 건넌다.

돌아오는 비행기 안에서
- 아들, 창가에 기대어 잠든 너를 보며

비행기는 구름을 가르며
천천히 고도를 높인다.

작은 창밖으로
앙코르의 숲이 멀어지고
우리가 걸었던 돌길도
연못에 피던 탑의 그림자도
점점 흐려진다.

네가 말없이 창가에 기대
눈을 감았을 때
나는 비로소
이번 여행이 끝났음을 느꼈다.

말없이 조용했고
천 년을 거들러 온 사원을 보고
어딘가 마음 깊은 곳에서
이 시간을 접고 있었겠지.

나는 손을 뻗어
네 머리카락을 쓸어 넘기며
속으로 빌었다.
이 시간이 너에게

기억으로만 남지 않기를
그 탑의 무게,
그 빛의 온도,
그 순간의 침묵이
네 마음 어딘가에 살아 있기를

아들아,
돌은 잊히지만
사랑은 남는단다.

우리 함께한 이 아침들이
네 삶의 긴 여행 속에서
한 줄기 빛처럼
가끔은 불쑥 떠오르기를.